天山魔啼
천산마제

일륜 新무협 판타지 소설

FANTASTIC ORIENTAL HEROES

천산마제 6

일륜 新무협 판타지 소설

초판 1쇄 찍은 날 § 2011년 2월 15일
초판 1쇄 펴낸 날 § 2011년 2월 22일

지은이 § 일륜
펴낸이 § 서경석

편집팀장 § 유경화
편집책임 § 주소영 · 박우진

펴낸곳 § 도서출판 청어람
등록번호 § 제1081-1-89호
등록일자 § 1999. 5. 31
어람번호 § 제2-2050호

주소 § 경기도 부천시 원미구 심곡2동 163-2 서경B/D 3F (우) 420-822
전화 § 032-656-4452 팩스 § 032-656-4453
http://www.chungeoram.com
E-mail § chungeoram@chungeoram.com

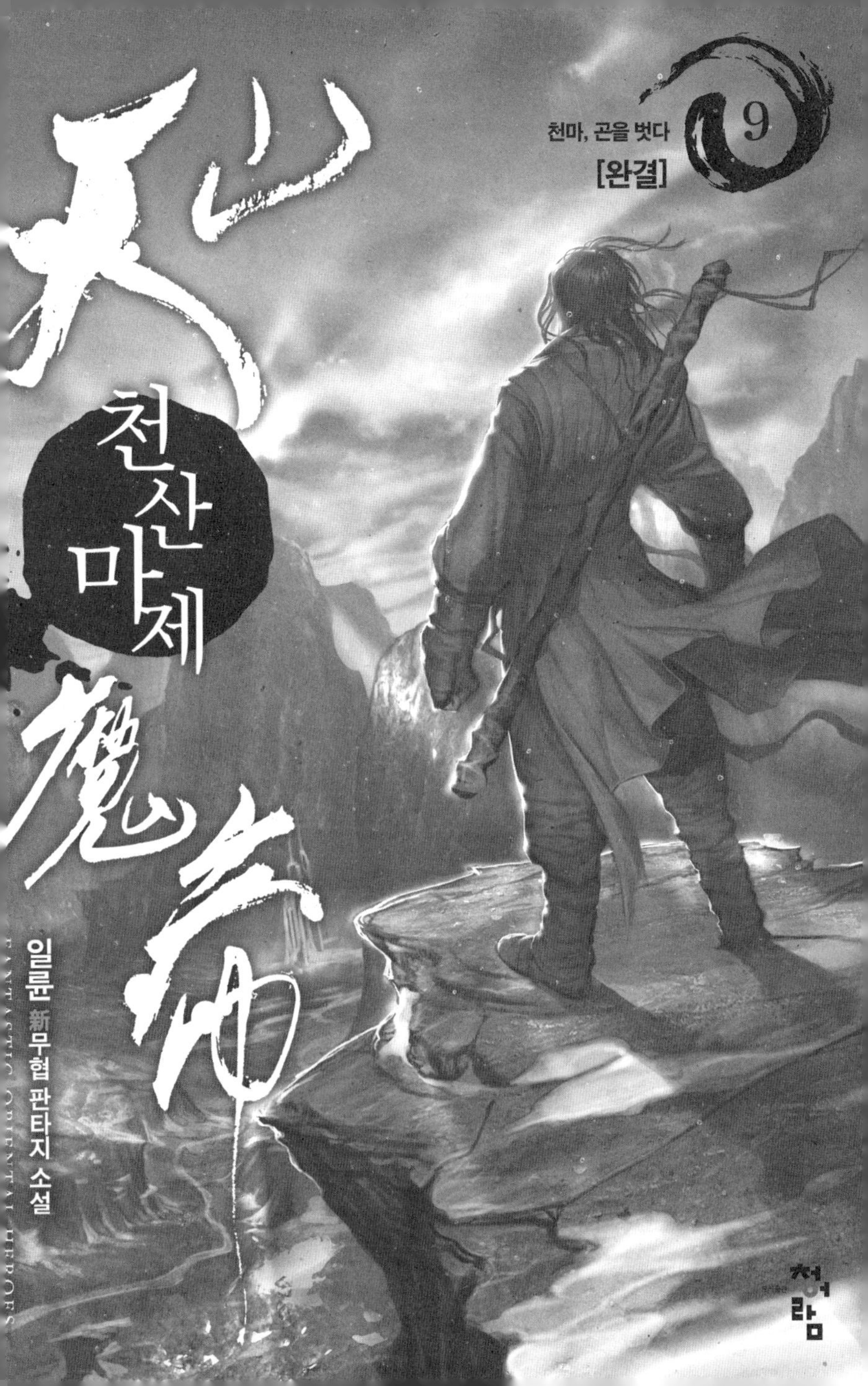
천산마제
천마, 곤을 벗다
9
[완결]
일륜 新무협 판타지 소설
FANTASTIC ORIENTAL HEROES
청어람

目次

第一章

천마가 올라온다

천산마제

거대한 빛이 한 점에 집중됐다가 이내 사방으로 퍼졌다. 동녘 하늘에서 시작된 여명이 봉우리를 감싸기까진 얼마 걸리지 않았다.

이제 지난밤에 잠들었던 모든 것이 깨어나야 한다. 대지도, 대지 위에 박힌 바위들도, 나무들도, 그리고 숨죽이고 있는 사람들도.

봉우리가 모습을 드러낸 것도 잠깐, 어디서 피어났는지 안개가 봉우리를 감싸기 시작했다.

"단주님, 모든 준비를 마쳤습니다."

자인건은 준비된 도표를 사마중경에게 바쳤다.

어디를 어떻게, 누가 먼저 치고 빠져야 하는지 상세하게 표시되어 있었다.

사마중경은 자인건이 내민 종이를 살펴보는 둥 마는 둥 하다 다시 건네며 봉우리를 쳐다봤다.

"자 총관, 지금 내 심장이 어떤지 아나?"

"……."

"저 봉우리를 뽑아서 한번에 씹어버리고 싶다. 그래서는 안 되겠지?"

"단주님의 심정은 이해되지만……."

"그래, 차근차근 뿌리까지 모두 없애야지. 다시는! 그런 일이 있어서는 안 되도록 말이야."

사마중경의 눈에서 순간적으로 강렬한 안광이 흘러나왔다가 이내 사라졌다.

"원로 스물네 분, 각 지부의 정예 사백팔십 명, 총단의 정예 육십 명. 모두 단주님의 명령을 기다리고 있습니다."

"동이 텄다."

이제 시작할 때라는 것을 암시하는 말이었다.

봉우리 주위는 서서히 자연의 색을 찾아갔고, 그 위를 옷처럼 안개가 감쌌다. 하늘은 어제저녁과 똑같은 회색빛이었다.

"검왕은 동쪽에서, 천왕과 도왕은 각각 남쪽과 서쪽에서 올라간다고 했습니다."

"음, 천마는?"

사마중경은 이채를 발하며 자인건을 돌아봤다.

용악의 행방을 묻는 것이다.

"천마는 어제 홍석협을 떠난 뒤로 종적을 알 수 없습니다. 아마 어제의 그 인원만으로 움직일 것 같습니다. 용호산에선 아무도 나온 적이 없다고 합니다."

"이미 움직인 건가? 알아서 하겠지. 어차피 함께 움직여 주 길 기대하지는 않았다. 자 총관, 안개가 더 짙어질 때까지 기다 렸다가 올라가자."

"안개 때문에 곤란한 일이 생길 수 있습니다."

"곤란? 후후후."

사마중경이 갑자기 장난스럽게 웃었다.

자인건은 의아한 눈으로 사마중경을 올려다봤다.

웃음이 나올 상황이 아니기 때문이다.

"그런 건 전략을 짤 때나 그렇지. 자 총관, 우린 그냥 올라간 다, 눈에 보이는 모든 것을 지우며. 천라무변공진(天羅無邊空 陣)을 펼친다."

'처, 천라무변공진이라니! 봉우리 전체를 없애기라도 할 생 각이신가?'

자인건의 놀람은 당연했다.

눈에 보이는 모든 것을 없애며 오로지 전진만이 존재하는 진인 까닭이다.

"놀라는군. 하나, 놀랄 일은 천라무변공진이 아니야."

"......?"

"삼천좌를 누가 먼저 처리할까?"

"아!"

"삼왕에 나와 천마까지. 오늘 아마 누군가에겐 천하제일이란 수식어가 붙겠지?"

"그야……."

굳이 대답하는 것도 우스울 만큼 명확한 일이었다.

현 강호에서 가장 강한 다섯 명 중 누가 제일인가?

그 판가름이 나게 되어 있는 것이다.

"난 그 이름에서 빠질 거야, 자 총관. 저 위쪽 어딘가에 있을 삼천좌, 그들의 수족을 한 명도 살려줄 생각이 없거든. 가장 늦게 오를 게야. 여의단의 모든 힘을 사용해서 짓밟으며 올라갈 게야."

번쩍.

사마중경의 눈빛에서 살기가 줄기줄기 흘러나왔다.

자인건은 전신이 오싹해지며 자신도 모르게 몸을 떨었다.

'단주님께서 저런 말씀을 하도록 만들다니… 너희들은 죽어서도 후회하게 될 것이다.'

사마중경에 대해 누구보다 잘 아는 자인건이었다.

사마중경은 평소엔 장난스럽게 말도 잘하지만 한번 마음먹은 일에는 일말의 주저함도 없었다.

자욱한 안개가 사마중경의 어깨에 내려앉기 무섭게 증발되어 사라졌다.

권왕은 봉우리 위쪽을 올려다봤다.

거대하게 솟은 봉우리의 모습이 지심대인과 겹쳐 보였다. 올라오려면 얼마든지 올라오라는 것처럼 건방지기 이를 데 없었다.

"동이 텄으니 이제 일어나야지?"

누군가를 향한 한마디였다.

그러나 그 누군가에게 가기 전에 거쳐야 할 단계가 있었다. 바로 권왕의 한마디에 반응을 보이는 바위들이었다. 아니, 바위 뒤에 숨어 있는 자들이었다.

살기가 일제히 권왕을 향해 쏟아졌다.

봉우리 정상까지 멋대로 박혀 있는 수많은 바위.

신법을 펼치면 굳이 귀찮은 일을 거치지 않을 수도 있었다. 하나 종횡무적권을 완성하기 위해 보냈던 처절한 시기와 권왕으로서 마인들을 잠재우며 강호를 종횡하던 시기를 거쳐, 지심대인을 만나 칩거하기까지의 세월이 떠올랐다.

그 수십 년의 세월은 보상 받아 마땅했다.

"나는 한 번도 마의 무리를 용납한 적이 없다. 그것은 예전이나 지금이나 마찬가지다."

권왕의 양 주먹으로 바람이 몰려들어 왔다가 이내 무시무시한 안광과 함께 바위를 향해 뿜어져 나갔다.

봉우리를 오르는 또 다른 한 사람.

묵도를 등 뒤에 수평으로 띄운 채 세 가닥 수염을 흔들거리며 도왕이 봉우리를 올려다봤다.

"거추장스러운 것은 칠색인데."

도왕은 숨어 있는 자들의 기척을 모두 느꼈다. 이대로 올라가면 손을 한두 번 써서 끝날 문제가 아니다. 가볍게 손을 들어 등 뒤의 묵도를 허공으로 띄웠다.

"힘 빼긴 싫지만 그래도 본 도왕이 시작을 알려주어야겠지?"

도왕의 눈에 일 장 밖부터 이십여 장까지의 길이 일직선으로 들어왔다. 도왕은 선 채로 길을 향해 손을 내리긋는 시늉을 했다.

번쩍!

허공으로 올라갔던 묵도에서 빛이 빠져나오더니 그대로 길을 반으로 갈랐다.

꾸— 웅!

복부에 주먹을 맞아 순간적으로 호흡이 멈춘 것일까? 처음엔 봉우리가 아무런 소리도 내지 않았다. 하나 잠시 후, 드디어 숨을 내쉴 수 있게 된 봉우리에서 격한 비명이 튀어나왔다.

쿠콰쾅!

길 양쪽에 매복해 있던 무리의 비명은 굉음에 묻혀 들려오지도 않았다.

*　　　*　　　*

"동서남북 네 방향으로 일제히 올라오고 있습니다."

명령을 기다리는 부하의 표정은 무척 비장했다.

"도대체……."

일불은 슬쩍 봉우리 안쪽을 돌아봤다. 그곳에 있을 천불노인의 명령을 이해할 수 없기 때문이다.

전원 투입해서 올라오는 자들을 척살하라는 명령이 전부였다. 그 뒤로는 그 어떤 명령도 전해지지 않았다.

청죽림주의 그림자는 모습을 드러내지 않았고, 지심대인의 그림자들은 다른 곳으로 간 상황이었다.

"천마는? 천마도 올라오는 중이냐?"

"저희가 맡은 곳으로 올라오는 자는 천마가 아니라 도왕입니다."

부하의 대답에 일불은 마음이 진정되는 것을 느꼈다.

'천마만 아니라면.'

용악만 아니라면 싸울 수 있을 것 같은 것이다.

삼왕이든 사마중경이든 그들이 얼마나 강한지 일불은 알지 못했다. 하나 그렇기에 싸울 수 있는 것이다.

"모두에게 도왕이 다른 곳에서 올라오는 자들 중 가장 약하다고 알려주어라."

"가장 약한……."

부하는 일불의 말을 잘못 알아들었다고 여겼는지 곧바로 되물었다.

"가장 약하다."

일불의 확신에 찬 시선을 본 부하는 곧바로 고개를 숙이며 돌아섰다.

사기를 떨어뜨리지 않기 위해 한 말이지만 전혀 근거가 없지는 않았다. 도왕은 묵도에서 한 명도 데려오지 않았다고 했다. 그렇다면 권왕과 마찬가지로 삼왕 중 가장 약한 자가 틀림없었다.

"오늘만 넘기면."

일불은 오늘을 넘길 자신이 있었다. 봉우리 전체에 깔린 좌위들의 수는 못해도 삼천. 그들을 모두 죽이려면 삼왕과 사마중경, 용악 역시 무사하지 못할 것이다.

그때 삼천좌가 나서면 끝이었다.

일불의 역할은 거기까지였다.

삼천좌의 등장을 위해 초석을 까는 것까지.

일불이 자신을 안심시키려 할 때였다.

쿠콰쾅!

아래쪽에서 거대한 굉음이 진동과 함께 전해졌다.

'이 소리는 저 아래쪽에서 난 것이다. 도대체 무슨 공격을 했기에…….'

일불이 당황한 표정으로 부하를 돌아봤다.

부하는 알아보겠다며 재빨리 움직였다.

*　　　　*　　　　*

떨어진 나뭇잎이 붉게 물들어가는 것은 순식간이었다. 나뭇잎을 밟으며 날렵하게 달려드는 좌위들의 움직임은 그 어느 때보다 빨랐다.

펑!

여의단 무인들의 무기는 가차없이 달려드는 자들을 베었으나 좌위들은 베이는 순간 곧바로 몸을 터뜨려 함께 죽으려 했다.

"여우가 방귀 뀐 것 같은 폭발은 신경 쓸 것 없다! 전진!"

거칠게 외치는 노인은 여의단 원로 중 한 명인 고결검 이문준으로 호남 지부의 정예들을 데리고 와 있었다.

이문준은 위로 오르는 무인들이 보지 못하게 손을 뒤로 해 뒷짐을 지었다.

호신강기로 막아내긴 했으나 좌위들의 폭발은 상당한 충격을 동반했다.

"이 원로, 괜찮으시오?"

함께 온 차광 원로가 걱정스런 눈으로 물었다.

이문준은 손을 꺼내 차광에게 보였다.

"단주께서 미리 언질을 주지 않으셨다면 손이 날아갔을 겁니다."

"허!"

"육편을 터뜨려 공격하는 수법이야 사파에도 있었지만…이런 식의 위력을 지니고 있을 줄은 생각도 못했습니다."

"이제 겨우 봉우리에 진입했을 뿐이거늘."

"서둘러야 합니다. 힘닿는 데까지는 막아줘야 제자들이 오를 수 있습니다."

이문준의 말에 차광이 고개를 끄덕였다.

좌위들의 폭렬공은 한 곳에서만 일어난 것이 아니었다. 봉우리 전체에서 동시다발적으로 일어났다.

콰콰쾅!

권왕은 바위 뒤에 숨어 있던 좌위들이 모습을 드러내기 바쁘게 몸을 터뜨리자 호신강기로 몸을 보호하는 한편, 빠르게 그들의 수를 세었다.

"이런 넋 빠진 놈들을 봤나! 그깟 것이 무어라고 목숨을 버려!"

권왕은 덮쳐 오는 좌위들의 육편을 보며 인상을 찌푸렸다. 좌위들은 젊었다. 대부분 서른 전후의 젊은 무인들이 겨우 공격 한 번 하기 위해 목숨을 버린다? 있어서도, 있을 수도 없는 행위였다.

좌위 수십 명이 떼로 몰려든다고 해서 어찌할 수 있는 권왕이 아니었다. 그럴수록 갈고닦아 후일을 도모해야지 이렇게 함부로 목숨을 버려선 안 되는 것이다.

목숨을 버려가면서까지 얻어야 할 것은 이 자리에 없었다.

우웅―!

권왕은 달려드는 좌위들을 향해 주먹을 말아 쥐는 형태를 취했다. 곧 권왕의 주위로 거대한 원이 퍼져 나갔고, 그 원은 몸을 티뜨리려는 좌위들을 감쌌다.

폭렬공을 시전하려던 좌위들은 몸이 말을 듣지 않자 어리둥절한 표정으로 권왕을 쳐다봤다.

허공에 뜬 수십 명의 인원이 동시에 굳어버렸다. 그 모습에 두 번째 공격을 준비하고 있던 좌위들이 눈치를 보다 허공으로 몸을 솟구쳤다.

"어리석다!"

권왕은 좌위들의 허무한 태도에 대노하여 원을 더욱 넓게 퍼뜨렸다. 허공에 정지됐던 자들의 몸이 날아가 뒤쪽의 공격하려던 자들과 부딪쳤다.

"합!"

권왕의 공격은 거기서 멈추지 않고 주먹을 느리게 밀어냈다.

드드드!

손등에서 시작된 기음은 곧 불똥과 함께 사방으로 뻗어나갔고, 이내 날아가는 좌위들을 가격했다.

"후우……."

권왕은 한꺼번에 막대한 진기를 사용한 탓에 가쁜 숨을 골랐다. 바닥에 널브러진 좌위들 일부는 일어나지 못한 채 겁먹은 눈으로 권왕을 쳐다봤고, 나머지는 그럴 수도 없는 몸들이 됐다.

"필요없는 살생은 피하고 싶지만 너희들이 자초한 일, 내세엔 마의 무리로 살아가지 마라."

권왕은 좌위들의 시체를 지나치며 혀를 찼다.

권왕의 권경에 노출된 이상 나머지 역시 다신 무공을 펼칠 수 없는 몸이 될 것이다.

"허!"

막 권왕이 위로 한 걸음 움직였을 때다.

백여 명 가까운 인원이 죽은 것은 아랑곳하지 않고 또다시 검은 그림자들이 위쪽에 막을 형성하고 있었다.

'이대로는 곤란하다.'

아무리 권왕의 내공이 대단하다고 해도 조금 전과 같은 공격을 열 번, 스무 번 펼칠 수 있을 리 없었다.

봉우리 정상에 도달할 때까지 몇 명이 기다리고 있을지 몰랐다. 조금 전과 똑같은 일이 몇 번이고 반복된다면 곤란한 일이 생길 것이다.

"정당함이라고는 눈을 씻고 찾아봐도 볼 수가 없는 자로고. 이런 자들로 나를 어찌할 수 있다고 봤다는 건가!"

지심대인을 뜻하는 말이었다.

권왕의 자세가 달라졌다. 상체는 그대로 유지한 채 무릎을 살짝 굽혔고, 양 주먹을 가슴 바로 아래까지 올렸다.

종횡무적을 펼치려는 것이다.

쉭.

권왕의 신형이 제자리에서 사라졌다가 내려오던 좌위들 옆에 나타났다. 일렬로 내려오던 자들이 겹쳐 보였다.

"우선."

펑!

권왕의 주먹에 맞은 좌위가 비명도 지르지 못하고 옆으로 밀려났다.

콰콰콰!

이십여 명이 한 조로 이루어진 줄이 권왕의 일권에 그대로 피떡이 되어 사라지는 순간이었다.

권왕을 공격하던 좌위들의 신형이 멈췄다.

정적이 흘렀고, 권왕을 찾아 바쁘게 눈을 굴렸다.

펑!

소리가 난 곳을 돌아보자 그곳에도 한 줄이 전멸하고 말았다.

권왕의 움직임을 따라갈 눈이 좌위들에게 있을 리 없었다. 좌위들은 서너 번의 짧고 강렬한 소리를 듣고서야 자리에 멈춰 섰다.

권왕은 자신들이 어떻게 할 상대가 아니라는 것을 느끼는 동시에 의지를 상실하고 만 까닭이다.

*   *   *

"천마가 올라옵니다."

보고는 지급 좌위에 의해 영원에게 전달됐다.

영령의 지시로 지심대인의 좌위들을 지휘하고 있는 그림자 중 한 명이 영원이었다.

영원은 아래쪽을 내려다보다 좌위가 가리킨 방향으로 고개를 돌렸다.

청죽림주의 그림자 비령이 그랬고, 천불노인의 그림자 일불 역시 같은 곳을 돌아봤다.

그들의 주군들이 토씨 하나 다르지 않게 내린 명령 때문이다.

천마가 나타날 시에는 삼왕이나 사마중경은 좌위들이 상대하게 하고 그림자들은 천마를 상대하라!

이것이 삼천좌의 명령이었다.

"이제부터 이곳은 천급 좌위들에게 일임한다."

"어딜 가시려는……."

"나는 천마를 상대하러 간다."

영원은 혼이 나간 사람처럼 말을 하고는 곧바로 좌위가 알려준 곳으로 움직였다. 그러자 그가 향한 방향으로 몇 개의 인영이 날아갔다.

영원이 가장 먼저 도착했고, 뒤이어 비령과 일불이 내려섰다.

"겨우 셋이라니……."

영원이 미간을 찌푸리며 입을 열었다.

"더 있을지도."

비령이 말을 받다가 말끝을 흐렸다.

자신할 수 없기 때문이다.

"이곳에 배치된 인원은 얼마요?"

일불이 엉뚱한 질문을 꺼냈다.

"동서남북 각 방향마다 팔백 명씩 배치된 걸 모르셨소?"

"알고 있소. 팔백⋯⋯. 그럼 천마가 이곳까지 오는 데 일각도 걸리지 않겠군."

혼잣말이었으나 영원과 비령은 똑똑히 들을 수 있었다. 두 사람은 일불이 설명을 할 것이라 여겼는지 시선을 거두지 않았다.

"같이 있는 자들이 손을 쓰면 이각, 길어야 반 시진. 너무⋯ 적다."

일불은 영원과 비령의 시선을 전혀 느끼지 못하고 이번에도 혼자서 결론까지 내렸다. 그리고 나서야 영원과 비령을 돌아보며 입을 열었다.

"내가 불좌께 명령을 받았듯이 두 사람 역시 명령을 받았을 거요."

"그러니 이곳에 와 있는 것 아니오."

영원이 불만 섞인 목소리로 일불을 쳐다봤다.

"나는 천마가 어떤 자인지 알고 있소."

"그야⋯⋯."

"직접 이 두 눈으로 본 천마는 우리가 어찌할 수 있는 인간이 아니오. 명심하시오. 천마가 좌위들에게 손을 쓴 직후를 노려야 하오. 이차, 삼차 공격 따위는 천마에게 아무런 의미가 없소. 무조건 한 번이오."

일불의 목소리엔 절실함이 담겨 있었다.

하지만 영원과 비령의 눈은 담담하기만 했다.

빗방울에 의해 몸에 구멍 난 채로 죽어간 백여 명의 좌위를 지켜본 사람은 일불 혼자이기 때문이다.

"뭐 하시오?"

일불은 아직도 자리를 지키고 있는 영원과 비령에게 호통이라도 칠 것처럼 쳐다봤다.

"유감이오. 주군께선 천마를 공격하라고 했지, 당신의 명령에 따르라는 말씀은 없었거든."

"나 역시."

영원과 비령이 일불의 태도를 고까운 눈으로 보다가 싸우기 싫다는 듯 몸을 좌우로 돌렸다.

"내 말을!"

일불이 강하게 소리쳤다.

돌아서던 영원과 비령이 천천히 돌아섰다.

"듣지 않으면 모두 죽소."

일불의 입에서 신음과 같은 목소리가 나왔다.

일불이 영원과 비령을 이해 못하는 것은 아니었다.

두 사람은 천불노인이 용악에게 일방적으로 밀리던 광경을 보지 못했으니 어쩌면 당연한 반응일지도 몰랐다. 하나 죽으면 아무 소용이 없는 것이다.

"우린 우리대로 움직이겠소. 당신은 당신대로 움직이시오."

영원에게서 돌아온 대답이었다.

일불은 더 이상 어떤 말도 할 수 없자 맥 풀린 표정으로 이를 악물었다. 이들 둘에게 용악에 관한 어떤 말을 해도 의미가 없다는 것을 깨달은 것이다.

봉우리 아래쪽 전경이 모두 보이는 곳.
일불은 일부러 영원과 비령이 있는 곳 위에 자리를 잡았다. 영원과 비령은 무언가 계속해서 의견을 주고받았다. 공격할 계획을 짜는 모양이다.
'그래, 차라리⋯⋯.'
일불은 그런 계획이 얼마나 소용없는 짓인지 잘 알고 있기에 다른 방법을 생각해야 했다. 두 사람보다 한발 늦게 움직이기로 한 것이다.
일불의 기회는 빠르게 찾아왔다.
영원과 비령이 용악을 기다리지 않고 먼저 움직이는 쪽을 선택했기 때문이다.
아래쪽으로 좌위들의 움직임에 확연히 드러났다.
용악이 올라오는 방향으로 배치된 인원은 다른 곳보다 많았다. 다른 곳에 있던 인원까지 보충한 까닭이다.
밀물처럼 내려가는 좌위들의 물결.
그 위로 새라도 탄 것처럼 날아가는 그림자들.
장관이었다.
달려가던 좌위들이 더욱 속도를 내었고, 허공에 떠오르자마자 그대로 폭렬공을 시전했다.

콰쾅!

폭음은 단발로 끝나지 않고 연속해서 터졌다.

까딱 잘못하면 폭렬공에 의해 터진 육편들이 이차, 삼차 달려드는 좌위들까지 상하게 할 수 있는 상황이었다. 하나 그런 것은 이미 좌위들에게 위협이 될 수 없었다.

콰콰— 쾅!

'죽었나?'

좌위들의 연속적인 폭렬공의 공격에도 먼지 뒤에선 아무런 반응이 없자, 영원과 비령은 기대 어린 눈으로 먼지구름을 바라봤다.

스스스—

비산하는 돌 조각과 사방 가득 피어오른 먼지가 가라앉을 때 희뿌연 인영들이 모습을 드러냈다.

'뭐지?'

좌위들의 폭렬공을 막은 인영은 모두 열.

'겨우…….'

높은 곳에서 아래쪽을 내려다보던 영원과 비령이 믿지 못하겠다는 눈으로 먼지 뒤쪽을 쳐다봤다. 어처구니없게도 용악은 너무도 멀쩡한 모습으로 십여 장 뒤쪽에 서 있었다.

"갑시다."

영원의 말에 비령이 고개를 끄덕였다.

두 사람은 곧 손짓으로 다시 공격하라는 명령을 내렸고, 좌위들의 움직임이 재개됐다.

역시나 이번에도 좌위들은 몸을 사리지 않고 폭렬공을 펼쳤고, 조금 전과 마찬가지로 열 개의 인영에 의해 모든 공격이 막혔다.

하지만 이번엔 아까와는 달랐다. 영원과 비령이 그림자들과 함께 공격에 가담했기 때문이다.

콰쾅!

"……!"

비령은 열 개의 인영을 쓸어버리려다 갑자기 끼어든 예기에 놀라 손을 거두며 뒤로 물러섰다.

"가, 강시?"

영원이 황당한 목소리로 전방을 노려보며 비령과 나란히 섰다. 영원은 반탄력이 대단했던지 자신의 손목을 주무르기까지 했다.

"겨우 강시 따위가……."

영원은 어이없는 표정을 짓고 말았다.

한낱 미물 따위가 좌위들의 폭렬공을 두 번이나 막아낸 것이다.

"나는 시마다. 너희들이 무슨 짓을 했는지 잘 알겠지? 감히 천마의 앞길을 막은 것이다. 각오해라."

공격을 멈춘 영원과 비령에게 공투는 살기를 드러냈다. 좌위들의 연속적인 폭렬공의 공세에 내부가 진탕된 상태였으나 그런 것쯤은 얼마든지 참을 수 있는 공투였다.

'수라혈군이 아니었으면 골로 갈 뻔했다.'

비령 혼자서 공격했기에 망정이지 영원까지 합세했으면 뚫렸을지도 몰랐다. 영원의 공격을 수라혈군이 중간에 틀어주었다.

"어처구니가 없군. 겨우 혈교의 십대마인 중 한 명이 우리의 합공을 막았다고?"

영원은 여전히 믿을 수 없는 눈이었다.

"혼자였다면 힘들었을지도. 하나 이곳에 있는 십대마인은 나 혼자가 아니다."

"······!"

공투의 자신만만한 대답에 영원은 눈동자를 굴려 주위를 살폈다. 하나 영원의 눈에 들어온 것은 혈강시 열 구뿐 사람은 아무도 없었다.

막 영원이 공투에게 고개를 돌리려 할 때였다.

스악!

"컥!"

짧은 단말마와 함께 천급 좌위 중 한 명의 등이 쩍 갈라지며 바닥에 누웠다.

"수라혈군. 그 역시 십대천마 중 한 명이다."

공투의 입가에 차가운 미소가 얹혀졌다.

캉!

공투의 말이 끝나는 순간 날카로운 금속성이 터졌다.

"수라혈군! 너의 상대는 나다!"

일불이 모습을 드러내며 허공에 대고 외쳤다.

영원과 비령의 공격이 성공했다면 일불도 나섰을지 모르지만 실패한 이상 암습을 준비하는 것은 의미가 없었다. 더구나 수라혈군에겐 받아야 할 빚도 있었다.

"살수인가? 후후후. 두 분은 저자와 장난감들을 맡으시오. 내가 놈을 처리하겠소."

영원은 말을 마친 뒤 나무에 스며들 듯이 사라졌다.

잠시 후, 건너편 바위에서 격렬한 충돌음이 일었다.

일불은 자신이 상대하려 했던 수라혈군을 영원이 가로채자 기분이 언짢아졌다. 하나 지금은 누가 누굴 상대하는 것은 중요하지 않았다.

"이젠 내 차례인가?"

비령은 살기 어린 눈으로 공투를 노려보며 공격 명령을 내리기 위해 손을 들어 올렸다.

혈강시에 의해 밀려났던 좌위들이 용악 등을 향해 원을 이루며 서서히 좁혀들기 시작했다.

그때였다.

"시마, 아직 멀었느냐?"

막 공투가 혈강시들에게 명령을 내리려 할 순간, 뒤쪽에서 용악의 목소리가 느릿하게 들려왔다.

"곧 끝납니다, 주군."

공투는 주저 않고 대답했다.

"제후, 멀었느냐?"

용악이 이번엔 려군을 돌아봤다.

"저 봉우리만 넘으면 됩니다."

려군은 공투와 마찬가지로 곧장 대답했다.

용악은 려군이 가리키는 곳을 올려다보고는 앞으로 나섰다.

"시마는 제후를 보호하고, 수라혈군은 물러나라."

용악의 명령이 떨어지자 공투는 려군의 앞에 선 후 혈강시 열 구를 병풍처럼 두르게 만들었다.

용악은 슬쩍 수라혈군이 있던 곳을 돌아봤다가 이내 시선을 정면에 고정시켰다.

비령의 눈에는 그 모습이 곧 명령을 내릴 것처럼 보였다.

'근처에 누가 더 있었던가?'

비령의 시선이 빠르게 주위를 훑었다. 하나 기다려도 용악은 명령을 내리지 않았고 아무런 행동도 취하지 않았다.

"너는… 그자와 함께 있었지?"

주위를 둘러보던 용악이 마지막 말을 할 때는 어느새 일불의 일 장 앞까지 다가가 있었다.

화들짝 놀란 일불은 믿을 수 없는 눈으로 용악을 쳐다봤다. 언제 움직였는지 보지도 못했다.

"내가 이곳에 온 이유는 오직 하나. 너희들의 주인을 죽이기 위해서다."

"어, 어림… 컥!"

일불은 용기를 내어 뭐라 소리치려 했으나 이미 그는 말을 할 수 있는 상태가 아니었다. 용악이 일불의 목을 한 손으로 틀어쥐었기 때문이다.

"그는 어디 있지?"

용악은 일불을 하류잡배 다루듯이 했다.

삼천좌의 그림자로 살아온 일불이 이런 식의 협박에 넘어갈리 없었다. 보통 때라면 분명 그랬을 것이다. 또한 상대가 용악이 아니었다면 그랬을 것이다.

그러나 상대는 죽음조차 거부할 것 같은 천마 용악이었다. 실제로 일불은 공포를 느끼고 있었다.

"보, 봉우……."

"일불, 지금 뭐 하는 거요!"

비령은 일불이 입을 열려 하자 들고 있던 검에 공력을 주입해 용악에게 던졌다.

쇄액!

용악과 그와의 거리는 몇 장 되지 않았다. 당연히 용악은 일불을 놓고 뒤로 물러서야 했다. 적어도 그의 예상대로라면 그래야 했다. 하지만 용악은 비령의 상식을 이미 뛰어넘은 상태의 존재였다.

파슥!

날아오던 검이 용악의 앞에 멈추더니 검끝부터 손잡이까지 먼지가 되어 사라졌다.

다음 공격을 펼치려던 비령은 제자리에 굳어버렸고, 그사이 용악의 다른 손이 비령의 목을 움켜쥐었다.

"컥!"

"번거롭군."

용악은 쥐고 있던 두 사람의 목에서 손을 놓고 관자놀이를 잡은 채 바닥에 누르는 시늉을 했다.

쿵! 쿵!

두 사람의 얼굴이 그대로 땅에 파묻히고 말았다.

쿵!

용악이 발을 구르자 두 사람의 신형이 동시에 허공으로 떠올랐다.

"흙……."

용악이 손을 쓰는 광경을 지켜볼 수밖에 없던 영원이 잠꼬대 같은 소리를 냈다.

용악의 발 구름에 허공으로 떠오른 수많은 흙먼지가 보인 것이다. 평상시라면 보이지도 않았을 흙먼지가 매우 선명하게 허공에 뜬 채 가라앉지 않고 있었다.

'뭐 하려는 거지? 서, 설마…….'

영원은 말도 안 되는 상상을 하고 말았다, 허공에 떠 있는 흙먼지가 다가오고 있는 좌위들을 공격할 것 같은.

푸학!

설마 했던 영원의 상상이 현실로 이루어졌다.

용악의 시선에 따라 허공에 떠오른 흙먼지가 일제히 다가오고 있는 좌위들을 덮쳤다.

"아!"

영원은 꿈에서 깨어나기라도 하려는 사람처럼 눈을 비볐다. 하나 꿈이 아니었다.

좌위들의 몸에서 피어나는 혈화.

은잠사에 꿰인 것처럼 흙먼지에 관통당한 좌위들은 한동안 허공에 떠 있다가 바닥으로 떨어져 내렸다.

第二章

그들이 왔다

천산마제

"훅… 훅……."

공투는 크게 힘을 쓴 것 같지 않은데도 숨이 턱까지 차오름을 느꼈다. 용악이 곤으로 차단하고 있던 기운을 드러낸 뒤부터 일어난 현상이었다.

그런 상태에서 려군의 보호와 뒤쪽의 공격까지 막아내자니 제대로 숨 쉬기도 힘들었다. 일곱 수라의 도움이 아니었다면 그것조차 해내지 못했을 것이다.

툭.

누군가 공투의 어깨를 건드렸다. 공투가 돌아보자 려군이 웃으며 고개를 끄덕이고 있었다. 단순한 행위였으나 그로 인해 공투의 거친 숨이 진정되기 시작했다.

"고맙소, 제후."

려군만의 특별한 능력을 공투에게 씌워준 것이다.

퍼펑!

공투는 혈강시 열 구를 움직여 좌위들의 공격을 막아냈고, 보이지 않는 곳에선 일곱 수라가 쉴 새 없이 좌위들을 베고 있었다.

반 시진가량이 지났다.

공투는 자신도 모르게 숨을 길게 내쉬었다.

"후우……."

더 이상 달려드는 좌위들이 보이지 않았다. 대부분의 좌위들은 죽었고 나머지는 이미 자리를 피한 뒤였다.

그제야 공투는 자신이 지나온 길을 봤다.

길은 붉었다. 시간이 흐르면 더욱 짙어질 것은 당연했다. 용악에게 덤볐던 좌위들의 몸에선 아직도 피가 흘러나오고 있었다.

'엄청나다.'

공투는 붉은 길을 바라보며 잔인함이나 힘겨움 따위는 떠올리지 않았다. 그저 용악이 만들어낸 장관에 넋을 잃고 감탄할 뿐이었다.

말하기 좋아하는 호사가들의 평가가 과장된 것들만 있는 것이 아닐지도 몰랐다. 적어도 오늘 공투가 직접 눈으로 본 광경에 대해서라면.

'천하를 통틀어 누가 주군의 상대가 될 수 있을까?'

의문이 아니었다. 확신이었다. 용악이 천하제일이라고, 그 어떤 미사여구로도 용악의 무위를 표현할 수는 없을 거라고.

"가자."

용악이 공투의 상념을 깨웠다.

"앞장서겠습니다."

공투는 곧장 봉우리 정상으로 향하려 했다.

"시마, 그쪽이 아니에요."

려군이 앞장서려는 공투를 만류하고는 길과 무관한 벽으로 다가가 손을 댔다.

려군에게 특별한 능력이 있음을 잘 알기에 공투는 방해하지 않고 가만히 기다렸다.

잠시 후, 려군의 안색이 밝아지며 절벽과 나무로 그늘진 길을 가리켰다.

"그곳은 올라가는 길이 없는데……."

"안으로 들어가는 길이 있어요."

려군의 말이 끝나자마자 공투는 조금도 망설이지 않고 그곳으로 향했다. 오 장여를 들어가니 려군의 말대로 어디선가 바람이 불어왔다. 근방에 동굴이 있는 것이다.

동굴은 좁아서 바람이 무척 강했다.

"아!"

동굴로 먼저 들어간 공투가 탄성을 발했다.

동굴 너머로 보이는 새파란 하늘과 가까이 다가갈수록 드러나는 건물들의 모습에 자신도 모르게 낸 탄성이었다.

하늘에서 뿌리는 빛을 온전히 받아들이는 구조의 조경도 놀랍지만 그보다는 건물들 자체가 아름답다는 표현이 옳았다.

"아……."

청죽림을 둘러보던 려군의 입에서 나직한 탄식이 흘러나왔다. 용악과 공투가 동시에 그녀를 돌아봤다.

"미약하다 했는데 역시. 주군……."

"사라졌구나."

용악은 려군이 할 말을 이미 어느 정도 짐작했는지 미미하게 고개를 끄덕였다.

려군이 바람에 흩날리는 머리카락을 한 손으로 쓸어 넘겨 목 뒤에 고정시킨 뒤 건물 한곳을 바라봤다. 그곳으로 가면 요요의 시체를 확인할 수 있다는 뜻이었다.

'너무 쉽게 올라왔다.'

용악은 려군의 시선을 따라 아래쪽을 바라보다 언짢은 표정을 지었다. 그림자들의 공격이 의외로 거셌으나 직접 싸워봤던 천불노인과 비교하면 말도 안 되게 약한 전력이었다.

수상한 냄새가 났다.

"모시겠습니다, 주군."

용악의 표정이 심상치 않게 변하는 것을 보지 못한 공투가 나서려 했다.

"주군, 마음에 걸리시는 것이라도……."

"이상하지 않아? 얼마든지 유리한 위치를 점할 수 있음에도 우리를 들여보냈다? 이유가 뭐지?"

"혹시 저곳에 함정을⋯⋯."

청죽림 전체가 함정이다?

이곳을 향해 올라오는 인원은 족히 몇백은 될 것이다. 그 인원을 모두 이곳으로 유인하기 위해 그 많은 좌위들을 희생시켰다?

말이 되질 않았다.

"상관없겠지. 시마, 앞장서라."

용악은 공투에게 명령을 내리고는 막 한 발 앞으로 움직이려 했다.

"이게 누구신가? 천마? 허허허."

용악은 굳이 돌아보지 않아도 나타난 자가 누군지 알 수 있었다.

"도왕."

용악의 시선이 빠르지도 느리지도 않게 좌측으로 돌아갔다. 그곳엔 예상대로 도왕이 검은 묵도에 몸을 기댄 채 서 있었다.

"오랜만이군그래."

"오랜만?"

"어이쿠, 그날 일을 아직도 마음에 담고 계셨나, 천마? 그때는 내가 자네에 대해 아무것도 몰랐잖은가."

도왕은 용악이 무표정한 얼굴로 돌아보자 체념한 것처럼 고개를 저으며 손을 들어 올렸다.

"졌네, 졌어. 본 도왕이 십인회 총단에서⋯ 는 지나쳤었네. 인정할 테니 그만 풀게나."

이전의 도왕이었다면 나올 수 없는 말이 흘러나왔다.

그러나 도왕의 어려운 결정에도 불구하고 용악의 표정에는 조금도 변화가 없었다. 마치 듣고 싶은 말은 그것이 아니라는 듯.

'반응이 없어? 본 도왕이 이렇게까지 했는데? 이런 괘씸한… 아니지. 이렇게까지 한 것이 아까워서라도 참아야 한다.'

도왕은 억지로 웃음 띤 표정을 유지하며 머리를 굴렸다. 용악과는 단 한 번 십인회 총단에서 마주친 것 외엔 없었다.

할 말이 없으니 도왕 역시 용악을 마주 보았고, 그 상태로 두 사람 사이엔 침묵이 흘렀다.

'그들이 오기 전에 놈과 얘기를 끝내야 하는데…….'

도왕은 빠르게 기감을 퍼뜨려 봉우리 주위로 다가오는 자가 있는지 살폈다. 아직은 검왕, 권왕, 사마중경 중에 올라온 자는 없었다.

좌위들이 알아서 도망친 덕에 도왕은 다른 사람들보다 빨리 올라올 수 있었다. 용악과 단둘이 얘기를 하기 위해선 그 방법이 최선이었기 때문이다.

"천마…….”

"더 할 말이라도?"

용악이 냉담하게 도왕의 말을 잘랐다.

보고를 통해 도왕이 염제와 함께 황보세가에 들렀으며, 하마터면 사림이종을 죽일 뻔했던 일까지 들은 용악이다. 당장 손을 쓰지 않고 있는 것만으로도 대단한 인내심이라 할 수 있었다.

"본 도왕이 사과를 했잖은가. 대의를 위해서 이렇게까지 노력하는데 안 받아주면 섭섭하지."

도왕은 마지막 말에 유난히 힘을 주었다.

용악의 의중을 떠보는 것이기도 하고 여차하면 틀어버리겠다는 뜻이기도 했다.

뒤쪽에 있던 려군과 공투가 바짝 긴장한 얼굴로 용악을 바라봤다. 언제든 용악의 결정에 따라 행동할 준비가 되어 있는 두 사람이었다.

"내려가자."

용악은 도왕의 말엔 대꾸도 않고 몸을 돌려 아래로 향했다.

"천마, 이대로 갈 텐가!"

도왕의 목소리가 굵어졌다.

"당신답지 않군. 그 오만함은 어디다 두고 온 거지? 내 대답을 들어야 할 이유라도 생긴 건가?"

"……!"

도왕의 한쪽 눈썹이 치켜 올라갔다.

얼굴은 붉어졌고 꾹 다문 입가 주변의 근육이 일어나며 불룩해졌다. 수치심을 느낀 것이다.

분위기가 심상찮게 흐르자 공투가 재빨리 용악의 옆으로 이동했고, 려군은 그런 공투의 뒤에 섰다. 언제든 손을 쓸 기세였다.

하지만 당장에라도 손을 쓸 것처럼 기세를 드러내던 도왕의 몸에선 더 이상 살기가 번지지 않았다. 오히려 애써 태연한 표정을 지으며 웃음까지 지어 보였다.

"허허허, 나도 늙은 모양이야. 뭐든 내 마음대로 하던 버릇이 있어서 순간적으로 욱했네그려. 젊은 자네가 이해하게."

도왕은 웃음까지 띠며 고개를 절레절레 흔들었다.

잔뜩 긴장하고 있던 공투는 낮게 한숨을 내쉬었고, 려군은 의미심장한 눈빛으로 도왕을 살폈다.

용악도 도왕의 반응이 의외인지 이채를 발했으나 이내 담담한 표정을 되찾고 아래쪽을 향해 몸을 돌렸다.

도왕은 용악이 완전히 돌아서는 것을 지켜보다 려군과 눈이 마주쳤다. 순간 려군의 눈이 스르르 미끄러지듯이 용악을 향해 돌아갔다.

'저 계집……'

려군의 눈빛을 본 도왕은 뭔가 찜찜했다.

머릿속이 텅 빈 것처럼 투명한 눈빛에서 아무것도 읽을 수 없었던 까닭이다.

"잠시 기다리시게, 천마!"

용악이 청죽림 내의 연못에 막 내려섰을 때다.

위쪽에서 용악을 발견한 사마중경이 크게 소리치며 걸음을 멈추게 만들었다.

"함께 가세나."

우측에서 검왕이 모습을 드러내며 허허로운 목소리를 냈고,

거의 동시에 권왕도 합류했다.

"오!"

세 사람이 허공을 밟으며 수평으로 걸어오는 모습에 려군은 자신도 모르게 탄성을 터뜨렸다. 수평을 이루던 세 사람의 신형이 약속이나 한 것처럼 뚝 떨어져 내린 까닭이다.

피식.

용악은 입가에 미소를 지으며 검왕을 향해 포권을 취했다. 용악의 신분을 모르는 사람이 봤다면 사문의 존장께 예를 취했다고 여길 정도로 정중한 모습이었다.

"천마와 비슷하게 도착하신 모양입니다, 도왕?"

사마중경은 용악과 도왕이 함께 있는 모습에 놀라는 눈치였다.

"사마 단주, 현 강호는 오백 년 이래 최고의 위기잖소? 오백 년 전, 천좌를 몰아내기 위해 정파와 사파가 힘을 합쳤던 일을 잊은 것은 아니겠지요? 본 도왕과 천마 사이에 잠시 오해가 있었으나 그건 이미 풀렸습니다."

도왕은 자신의 말을 증명이라도 해주겠다는 듯 느긋하게 시선을 돌려 용악을 바라봤다. 사람들의 시선이 당연히 용악에게로 향했다.

"오백 년 전, 천좌를 천산 저 너머로 보내신 분이 초대 천마셨소."

용악은 도왕과 관련된 말은 쏙 빼놓고 입을 닫았다.

'천마는 오해를 풀 생각이 없다. 그럼 도왕이 먼저 화해를

청했다는 말이 되는데…….'

용악이 도왕과 함께 움직인다는 것 자체가 사마중경에겐 이해 불가한 일이었다. 더 묻고 싶은 마음은 컸으나 한번 닫힌 용악의 입이 열리진 않을 것 같았다.

"후후후, 두 분 사이의 일이니……."

사마중경은 어깨를 으쓱거리고는 도왕의 곁을 지나쳤다.

'도왕조차 신경 쓰지 않는다는 건가?'

권왕의 한쪽 눈썹이 올라갔다.

용악을 그다지 좋아하지 않는 권왕으로서는 당연한 반응이었다.

용악과 도왕 사이에 무슨 일이 있었는지는 알지 못하지만, 삼왕 중 한 명이 체면을 버리면서까지 화해를 청하고 있다.

'지금은 이곳의 일부터 처리하는 것이 급선무라 참는다. 하지만…….'

권왕은 움직이기 전까지 용악을 노려보는 눈길을 거두지 않았다.

청죽림 안으로 들어서던 다섯 사람의 신형이 동시에 거짓말처럼 멈춰 섰다. 문을 열자마자 밖에서는 맡을 수 없었던 향이 코를 찔러왔기 때문이다.

"훅, 훅, 훅……."

한쪽 벽에 상체를 기댄 채 힘겹게 숨을 몰아쉬는 노인 한 명이 눈꺼풀을 힘겹게 들어 올렸다.

풀어진 동공에 초점이 맞춰지고 들어선 사람들의 모습이 확인된 순간, 그의 눈이 찢어질 듯 부릅떠졌다.

"처, 천마… 쿨룩, 쿨룩……."

용악을 본 순간 격하게 기침을 토하며 붉은 조각들을 뱉어냈다.

"제후, 노인을 살펴봐."

용악은 노인의 정체를 알고 있었다. 용호산 근처까지 찾아왔던, 스스로를 불좌라 했던 천불노인이다.

용악이 주위를 돌아보았다.

삼천좌라 했으니 다른 자들도 있을 거란 생각이 든 것이다.

"저자가 죽좌란 자일세."

사마중경이 천불노인 뒤쪽에 있는 시체를 가리켰다.

"나를 찾아왔던 자도 있구려."

권왕이 지심대인의 시체를 발견하고 인상을 썼다.

그때, 려군이 천불노인의 손을 놓으며 용악에게 다가왔다.

"살펴봤느냐?"

"저자는 이미 죽었어야 합니다."

려군은 말을 하면서도 몇 번이나 천불노인을 돌아봤다. 손을 잡기 전만 해도 상처 때문에 몸이 부은 줄 알았으나 천불노인의 몸은 그런 차원을 넘어선 뒤였다.

뼈란 뼈는 모조리 어긋나 있었고, 심맥은 가닥가닥 끊어져 있어서 숨을 쉬는 시체와 다름 아니었다.

"강제로 살려뒀군."

용악은 인상을 찌푸리며 고개를 미미하게 끄덕이고는 천불노인에게로 다가갔다. 천불노인의 눈에서 무언가 할 말이 있어 보인 까닭이다.

"가, 가까이……."

천불노인의 입가로 핏물이 흘렀다.

용악이 그의 입으로 귀를 갖다 댔다.

"그, 그자는… 너, 너를… 잘… 아, 안… 처, 처… 끄르르……."

천불노인의 입에서 가래 끓는 소리가 한동안 이어지더니 이내 아무 소리도 들리지 않았다. 모두의 시선이 용악에게로 향했다.

천불노인은 그 후로도 몇 번인가 '그륵' 거리는 소리를 냈고, 이내 잠잠해졌다. 한동안 귀를 대고 있던 용악이 그제야 천불노인에게서 귀를 뗐다.

"그가 뭐라고 하던가, 천마? 이들을 죽인 자들에 대해서 말하던가?"

도왕이 눈빛을 드러내며 빠르게 다가와 물었다.

"한 명이었다는 말만 들었소."

용악은 순순히 대답해 주었다.

"한 명? 누구라고 하던가?"

"누구?"

용악이 도왕을 돌아보며 반문하자 그제야 도왕은 사람들이 자신을 보고 있음을 깨닫고 헛기침과 함께 상체를 세웠다.

"이들을 죽인 자가 누군지 듣지는 못했소. 하나 굳이 듣지 않아도 알 것 같기는 하오."

"누군가?"

도왕이 또다시 끼어들었다.

용악은 도왕에게 시선을 잠시 고정시켰다가 이내 검왕에게로 돌렸다.

"그들인가?"

검왕은 용악이 말하려는 사람이 누군지 알고 있는 표정이었다. 용악이 짧게 고개를 끄덕이자 검왕은 그 모습에 탄식을 흘렸다.

그때, 사마중경의 목소리가 들려왔다.

"특이한 무공이군."

사마중경은 사마화인을 납치했던 청죽림주의 시체에서 손을 떼며 일어났다.

"특이하다? 사마 단주께선 뭔가 발견하신 겁니까?"

도왕이 이번엔 사마중경을 향해 돌아섰다.

"발견할 것도 없습니다. 도왕께선 이 좁은 공간에서 저들 셋을 죽이려면 어때야 할 것 같습니까?"

"그야……."

도왕은 사마중경의 반문에 바로 대답하지 못했다.

"도왕께선 이들에 대해 잘 모르시겠지만 저는 잘 알고 있습니다."

"이들을 사마 단주께서 알고 계시다고요?"

"…안 지는 오십 년쯤 된 것 같네요."

사마중경의 입에서 맥 빠진 웃음이 이어졌다.

그가 이곳까지 온 목적은 오직 한 가지, 청죽림주를 갈기갈기 찢어 죽이겠다는 것 외엔 없었다. 하나 그를 기다린 것은 시체였다.

"이들을 죽인 자는 이미 초절정을 넘어섰습니다. 이 좁은 공간에서 오직 내기(內氣)만으로 초절정고수 셋을 죽인 거지요."

"혼자서 이들 셋을 죽였다면… 그럴지도……."

도왕의 표정이 어두워졌다.

"속단하긴 이릅니다, 사마 단주."

가라앉던 분위기를 깬 목소리는 용악의 것이었다.

"천마, 그게 무슨 말인가? 이걸 보고도……."

"이들은 완전한 상태가 아니었소."

"완전한 상태가 아니었다고?"

사마중경이 먼저 물었고 검왕, 도왕, 권왕이 같은 질문을 하고 싶다는 눈빛을 보냈다.

"소홀지체? 그런 걸로 몸을 변형시키는 걸 본 적이 있소."

"변형! 몸이 회색으로 변하는 그것을 말하는 건가?"

사마중경은 그제야 용악이 무슨 말을 하는지 이해하고 되물었다. 형산에서 진과 휴가 갑자기 몸을 딱딱하게 만들며 공격하던 모습이 떠오른 것이다.

"이들이 변하기 전에 끝낸 것 같소."

"가만, 그럼 이들이 변할 시간도 안 줬다는……."

사마중경의 표정이 다시 어두워졌다.

"아마도."

용악은 대답과 함께 천불노인을 물끄러미 바라봤다.

소홀지체로 변하기 전에 공격했는지, 변하려 할 때를 기다렸다가 공격했는지 시체만 보고는 판단하기 힘들었다.

용악과 검왕의 시체를 밟지 않고는 천산을 내려오지 않겠다던 육천좌. 용악은 그들의 모습이 가장 먼저 떠올랐다.

'약속을 어겼다면… 대가를 치러야지.'

천불노인을 향해 있던 용악의 눈에서 불꽃이 일었다가 이내 사라졌다. 천불노인은 죽기 직전에 천산을 입에 올렸다.

육천좌는 용악과 한 약속을 저버린 것이다.

"짐작 가는 자라도 있나?"

사마중경은 용악의 전신에서 풍기는 분위기가 급격하게 변하자 의아한 표정으로 물었다.

"전혀."

천불노인에게서 시선을 거둔 용악은 고개를 가로저어 사마중경의 말을 부정했다.

"허허. 천마, 자네는 이미 혼자가 아닐세."

끼어든 목소리는 도왕의 것이었다.

무척 진지한 표정의 도왕에게선 오랜 지인에게나 할 법한, 속내를 읽고 외면할 수 없어 나섰다는 것이 느껴졌다.

용악은 그런 도왕을 낯선 눈으로 쳐다봤다.

이런 사람이 아니었다. 모든 것을 자신의 뜻대로 해야 직성이 풀리는 잘난 종자가 눈앞의 도왕인 것이다.

"난, 혼자다."

"아니, 그랬다면 홍석협에 나타나지 않았겠지."

"검왕을 뵙기 위해서였을 뿐 다른……."

"아네."

"……?"

"이상한 결과에 당혹스럽긴 나도 마찬가지일세. 하지만 이 일을 계기로 하나가 됐잖은가? 이 자리엔 사파도 정파도 없네."

도왕이 입술을 일자로 다물며 눈에 힘을 주며 고개를 주억거렸다.

'도왕이 저런 말을? 내일은 해가 서쪽에서 뜨려나? 내 귀로 듣고도 믿을 수가 없군.'

사마중경은 자신의 귀를 의심해야 했다. 하나 가식이 어느 정도 섞여 있음을 감안하더라도 틀린 말은 없었다.

"본 도왕은 자네가 누굴 생각하는지 알지 못하지만 언제든 한 손 거들 준비는 되어 있네."

'호오!'

사마중경은 이어진 도왕의 말에 또다시 속으로 감탄하고 말았다.

"도왕의 말씀을 듣다 보니 도저히 가만히 있질 못하겠구려. 이들을 죽인 자는 아마 천산 너머에서 왔을 게요. 전보다 더욱 강해져서 말이오."

검왕은 특유의 편안한 목소리로 말을 꺼냈다.

굳이 육천좌에 대해 말을 꺼낸 이유는 용악에게 도움을 주기 위해서였다. 어차피 가야 할 천산 여정이었으나 이번엔 둘이 아닌 다섯이었으면 하는 바람이 담긴 것이다.

"전보다? 제가 듣기엔 검왕께선 그들을 이미 만나보신 것으로 들리는군요."

지금껏 말이 없던 권왕이 눈을 크게 뜨며 검왕을 쳐다봤다. 전혀 알아들을 수 없는 말이기 때문이다.

"그럼 일 년여 전에 정군산을 비우셨다는 것이……."

사마중경 역시 정확한 내용은 알지 못하고 보고를 통해 들은 것이 전부였으나, 검왕의 몇 마디로 어떤 상황이었는지 알 것 같았다.

"역시 소문이… 아! 소문에는 검왕께서 천산마제란 자와 싸우셨다고 하던데 그럼 그도 '그들' 중 한 명입니까?"

도왕이 사마중경의 말을 자르며 모두에게 들릴 정도의 목소리로 중얼거리다 검왕을 돌아봤다.

"천산마제는… 그들과 상관없소. 아니, 그들에겐 염왕과 같은 사람이오."

"도대체 그들이 누굽니까?"

"모두 열 명이었소."

"열 명이었다? 그 말씀은……."

"현재는 여섯 명이 남았소. 십천좌에서 육천좌가 된 게지요."

"십천좌……."

"그들은 천좌의 후예들이오."

검왕의 말에 침묵이 흘렀다.

짐작은 했지만 그들일 줄은 몰랐다는 표정들이었다.

그때, 분노한 목소리가 터져 나왔다.

"저들 셋을 혼자서 죽일 수 있는 자가 여섯이나 된다? 헐!"

권왕의 목소리에 짜증이 담겨 있었다. 전력을 다한다면 지심대인을 죽이지 못할 것도 없었다. 하나 그 혼자서 셋을 죽이는 것은 불가능했다.

"권왕, 진정하시지요. 그리고 여러분, 너무 걱정할 필요 없습니다."

"……?"

검왕의 말에 사람들이 일제히 놀라 돌아봤다.

"우리에겐 그들이 겁내는 사람이 있는데 뭘 걱정한단 말이오?"

"그들이 겁내는 사람이라니요?"

사마중경이 의아한 눈으로 묻자 검왕은 용악을 돌아보며 웃었다.

"그 사람이 설마… 천마를 말씀하시는 겁니까?"

"그들은 저 사람에게 뭔가 보여주려 한 것 같소."

검왕이 용악을 돌아보며 태연하게 대답하자 듣고 있던 권왕의 표정이 눈에 띄게 찌푸려졌다. 지나치게 천마를 신뢰하는 검왕의 모습이 못마땅한 것이다.

"검왕, 너무 천마를 띄워주시는 것 아닙니까?"

권왕이 날카롭게 말하며 더 이상 용악에 대한 칭찬은 듣기 싫다는 의지를 표현했다.

격앙된 권왕의 목소리에 검왕은 의아한 표정으로 돌아봤다.

"권왕, 왜 그리 화가 나셨소? 저 사람을 띄워주는 것이 아니라 사실을 말하는 겁니다."

검왕이 또다시 용악에게 천마가 아닌 '저 사람'이란 표현을 썼다. 목소리에는 여전히 즐거움이 묻어 있었다.

"허허. 권왕, 잠시 화를 가라앉히세요. 그들이 천마에게만 초대장을 보낸 것은 분명하지만 받아본 것은 우리 모두가 아닙니까?"

도왕은 검왕의 손을 들어주었다.

그러자 권왕은 더 이상 화를 내지 못하고 속으로 삭여야 했다.

"초대장이라……. 그렇게 받아들일 수도 있겠구려. 안 그렇습니까, 사마 단주?"

검왕은 도왕의 표현에 공감하며 사마중경을 돌아봤다. 하나 사마중경은 삼왕의 대화에서 이미 멀어진 뒤였다.

'이상하다. 우리가 이들을 처리했어도 그만이었다. 굳이 이곳까지 와서 왜 이런 수고를……'

사마중경은 거대 세력의 수장이다. 힘의 흐름을 읽는 데엔 현 강호에서 가장 빠른 사람이라 해도 과언이 아니었다.

그런 그가 이해되지 않는 것이 너무 많았다.

검왕의 말을 빌면 육천좌란 자들이 있는 곳은 천산이라고 했다. 그곳에서 이곳까지 겨우 생각을 전하기 위해 왔다? 상식적으로 말이 되질 않았다.

"사마 단주, 무얼 그리 생각하시오?"

흥겹게 대화를 나누던 검왕이 사마중경에게 물었다.

그제야 사마중경은 생각을 접으며 삼왕을 돌아봤다.

"별것 아닙니다."

"이건 내 개인적인 생각이오만… 우리가 이렇게 모인 것도 하늘의 뜻이 아닐까 싶소."

도왕이 갑자기 엉뚱한 말을 꺼내자 모두들 의아한 눈으로 도왕을 쳐다봤다.

"지금 당장 천산으로 가는 것이 어떻소?"

"……!"

사마중경이 깜짝 놀란 표정으로 도왕을 쳐다봤다.

도왕은 결코 의기(義氣) 때문에 움직이는 사람이 아니었다. 그런 사람이 강호 대의에 이어 먼저 나서기까지 하려는 것이다.

"도왕의 의견에 찬성하오."

"검왕께선 홀로 움직이셔도 괜찮으십니까?"

"나는 언제나 혼자였다오."

검왕은 진솔하게 말을 하고는 용악을 돌아봤다.

"당장은 움직이기 곤란합니다."

용악은 단호하게 거절했다.

검왕은 용악이 거절하자 이채를 발하며 낮게 숨을 내쉬었다.

"천마, 왜 못 간다는 건가?"

도왕의 목소리가 지금까지와 다르게 딱딱하게 굳어져 있었다. 다섯이서 함께 천산으로 가자는 제안을 용악이 거절할 줄은 생각지도 못한 표정이었다.

"할 일이 있소."

"할 일?"

"개인적인 일이오."

"대체 그 일이 무엇이기에 지금 하지 않으면 안 된다는 건가?"

도왕의 목소리가 조금 더 높아졌다.

"당신에게 내 개인적인 일까지 말해줘야 하오?"

용악은 도왕을 돌아보지 않고 검왕 앞으로 갔다.

"해야 할 일이 있습니다. 지금이 아니면 못할 것 같아 다녀와야겠습니다."

용악의 태도는 정중했다.

검왕은 부용 등에게 용악의 근황에 대해 들었다, 혈교의 본거지를 옮기는 작업이 한창이라고.

"그래, 시작한 일은 끝을 내는 사람이니 그래야 할 게야."

검왕은 용악의 상황을 짐작하고 더 이상 동행을 언급하지 않았다.

"잠시만 기다리게. 천마, 지금이 적길세. 지금이라야 그들이 준비를 하지 못해!"

"급한 사람은 먼저 가시오."

"허!"

도왕은 용악의 대답에 황당한 얼굴로 장탄식을 터뜨렸다.

"검왕께선……."

도왕에겐 매몰차게 대답했던 용악이 검왕을 돌아봤다. 머물 곳을 물어보려는 것이다.

"천마, 검왕께선 여의단에 머무실 테니 걱정하지 말게. 자네가 정파, 사파를 구분 짓지 않는 것이야 알지만, 정파의 최고 배분에 계신 분이 혈교에 머물렀다간 골치 아파지네."

검왕을 홍석협으로 초대할 때 이미 거처까지 염두에 둔 사마중경이었다. 군웅대회를 핑계로 검왕을 여의단에 머물게 할 좋은 계기인데 그냥 지나칠 리가 없었다.

"아니오, 사마 단주. 굳이 신세질……."

"신세라니요. 당치 않습니다. 검왕께서 와주시는 것만으로도 여의단은 영광입니다."

사마중경이 이렇게까지 말을 하니 검왕은 나직이 숨을 내쉬고는 용악을 돌아봤다. 사마중경의 말대로 하겠다는 눈이었다.

"곧 찾아뵙겠습니다."

용악은 검왕을 향해 정중히 포권을 취하고는 공투와 려군을 데리고 방을 나섰다. 그런 용악의 모습을 유심히 지켜보는 시선이 있었다.

'내가 천마에 대해 모르고 있는 것이 있나? 어째서 다들 천마에게 호감을 느끼고 있는 것처럼 보이지?'

권왕은 미간을 찌푸렸다. 용악의 행동은 마치 손님 접대를 마친 주인과 같았다. 천하의 삼왕 앞에서 저런 행동을, 그것도 사파의 인물이 취해서는 안 되는 것이다.

밖으로 나온 공투는 몇 번이나 조심스럽게 용악을 훔쳐봤다. 할 말이 있으나 방 안에서의 분위기가 심상찮아 참고 있는 얼굴이었다.

"시마, 할 말 있으면 해봐."

"주군, 외람된 말씀입니다만… 어차피 가야 할 곳이라면 삼왕과 함께 움직이시는 편이……"

공투로서는 당연히 할 수 있는 생각이었다.

"그들이라고 그 생각을 하지 못했을까?"

"……."

"입 벌리고 있는 적에게 순순히 걸어 들어갈 정도로 나는 목숨이 여러 개 있지 않다."

"그럼……."

"나도 준비를 해야지. 제후, 불좌란 자의 몸에서 알아낸 것 없느냐?"

용악은 혼잣말을 하고는 려군을 돌아봤다.

공투는 더 묻고 싶으나 꾹 참아야 했다.

"그자의 손을 잡았을 때는 몰랐으나 생각해 보니 이상한 점이 있었습니다."

"뭐지?"

"그의 뼈는 어긋나긴 했지만 부러지거나 해를 입지는 않았습니다. 또… 시간을 염두에 두고 심맥을 자른 것이 아닌지 의심이 들었습니다."

"자른 것이 아니라 폭발시킨 것이다."

"폭발이요?"

"적의 몸에 흐르는 기를 일순간에 단절시키고 그 안에 기파를 심는 거지."

"……."

려군은 용악의 설명을 제대로 이해할 수 없는지 눈만 껌뻑거렸다. 그러자 용악은 발걸음을 연못으로 향했다.

"제후, 저 잉어들이 보이나?"

"예."

"내가 저것들의 움직임을 멈춰보마."

려군은 잉어들을 향해 다가가는 용악을 보며 미미하게 고개를 끄덕였다. 용악은 천불노인 등이 어떻게 죽었는지 직접 눈으로 볼 수 있게 해주려는 것이다.

푸학!

려군이 막 잉어들을 향해 고개를 돌리려는 순간, 잉어들이 펄떡거리며 물 밖으로 튀어 올랐다가 이내 배를 뒤집고 수면 위로 떠올랐다.

"주군, 진기로 잉어들을 죽이신 건가요?"

려군의 질문에 용악은 고개를 가로저었다.

"기파, 아니, 기세라고 해야 이해가 쉽겠군. 사람은 누구나 기세를 일으킬 수 있다. 하나 그 정도에는 차이가 있지. 그 기세는 아무리 고수라도 무방비 상태에서 노출되면 저항하기 어렵다."

"아!"

려군은 그제야 용악이 설명하고자 하는 것을 깨달을 수 있었지만 말로 설명하려니 명확하지 않았다.

"그들은 이미 강기무공을 사용하는 단계를 넘어섰다. 무형의 기를 조율하는 거지."

"무형……."

"제후가 사용하는 힘은 선천적으로 타고난 것이지만 그들은 만들어냈다. 누군가의 도움이 없으면 결코 이룰 수 없는 힘이야. 누군가의 도움이 없으면."

용악의 눈은 깊게 가라앉아 있었다.

전신을 덮고 있는 곤은 무형의 기로 이루어져 있으며 상대는 느낄 수도 없었다. 그러기에 육천좌 중 한 명이 천불노인 등 세 명을 동시에 제압할 수 있었을 것이다.

그것은 곧 육천좌 역시 용악처럼 새로운 힘을 얻었음을 뜻했다.

'내게 곤이 있는 한 저런 수법은 통하지 않는다. 하지만 여섯이라면… 장담할 수 없다. 그리고 그다음 역시.'

육천좌가 스스로 무형의 기를 사용할 수 있게 됐을 리 만무

했다. 적어도 천산에서 부딪쳤을 때 용악이 느낀 그들은 그랬다.

무인에게 무공의 완성은 곧 한계를 긋는 것과 마찬가지였다. 한계를 그어버리면 지키는 것에 급급해 넘어서려 하지 않는다. 용악의 경험상 그랬다.

'곤을 몸에서 떼어낸다라…….'

전혀 엉뚱한 생각이 떠오른 것은 그때였다.

그동안 곤 자체에 대한 고민만 해왔지 곤을 분리시킨다는 생각은 처음 떠오른 까닭이다.

육천좌 중 한 명이 남긴 방 안의 흔적 덕분에 용악의 머릿속엔 온통 천마신공과 곤에 대한 생각으로 가득했다.

"주군……."

공투가 조심스럽게 입을 열었다.

용악이 무언가 명령을 내리려다 말고 주위를 둘러보며 상념에 빠져들었기 때문이다.

"주……."

"시마, 쉿."

려군이 용악을 다시 부르려는 공투를 만류하며 소매를 잡아끌었다.

"뭔가 떠오르신 모양이에요."

"뭐가 말이오?"

"글쎄요. 무형의 기와 관련된 것 아닐까요?"

려군은 공투를 향해 싱긋 웃었다.

어리둥절한 공투에게 설명을 해주고 싶어도 막연히 머릿속에서만 알 것 같은 정도로는 불가능했다.

"주군과 같은 분도 더 올라갈 곳이 있나?"

공투가 볼멘 목소리로 입을 열었다.

용악의 발끝조차 따라가지 못하고 있는 그로선 감히 상상도 못할 일이었다.

공투의 그런 모습이 재미있는지 려군은 입을 가리며 한참을 웃었다.

"두 사람은 그만 교로 돌아가라."

용악이 상념에서 깨어난 것은 생각보다 빨랐다.

"예?"

공투가 용악의 목소리에 놀라 곧바로 되물었다.

"들러야 할 곳이 있다."

"시마가 모시겠습니다."

"아니. 시마는 제후와 함께 돌아가서 대장로에게 이곳에서 있었던 일을 설명하고 기다리도록 해라. 아니다, 대장로에겐 제후가 설명하도록 해."

용악이 려군을 돌아보자 려군은 한쪽 무릎을 꿇었다.

第三章
싸울 명분

천산마제

공투와 려군이 떠나는 것을 본 후에야 용악은 아래쪽으로 내려가려 했다. 사방에서 비릿한 혈향이 풍겨왔다.

"천산이라면 눈이 덮어줬을 텐데……."

천산에는 싸움이 끝나면 어김없이 눈이 내려와 바닥의 붉은 피를 덮어주었다. 하나 이곳은 천산이 아니었다. 사방이 온통 붉은색과 비릿한 냄새로 가득했다.

저 멀리에는 살아남은 좌위들과 그들을 쫓는 무리의 모습이 보였다. 물론 어느 쪽도 용악은 관심이 없었다.

"많군."

움직이는 자들의 숫자를 뜻하는 중얼거림이었다.

"없어져야 할 것들이지."

단호한 목소리가 용악을 돌아보게 만들었다.

바람에 흔들리는 수염을 제외하고 전신의 모든 신경이 용악을 향해 있는 것 같은 노인, 권왕이 서 있었다.

"전부 다 말이오?"

"쫓기는 것들."

"그걸 알려주려고 따라온 것은 아닐 테고… 내게 볼일이라도?"

용악은 담담하게 물었다.

"네가 그토록 안하무인인 이유를 직접 확인해 봐야겠다."

"안하무인?"

"네 사부인 혈마도 우리 삼왕 앞에선 너 따위 태도를 보이진 않았다."

"우리 삼왕?"

용악은 픽 웃었다.

청죽림 안에서 꼬투리를 잡기 위해 얼마나 노력했는지 알 수 있는 말이었다. 그냥 싸우자고 하면 될 것을.

"명분이 필요했던 모양인데, 여기서 하겠소?"

용악이 눈짓으로 주위를 가리키며 물었다.

"자리를 옮기지."

권왕은 봐둔 곳도 없으면서 일단 봉우리 아래쪽으로 신형을 날렸다. 일이 있다며 먼저 떠나왔으나 곧 검왕 등이 나올 것이기 때문이다.

빙판 위를 미끄러지듯 권왕의 신형은 이내 숲 안쪽으로 모습을 감추었다. 권왕을 지켜보던 용악의 신형이 한순간 '퍽' 소리를 내며 자리에서 사라졌다.

아무렇지도 않게 바라보는 용악의 눈을 보고 있자니 권왕은 가슴 한곳에서 커다란 불덩이가 튀어나오는 것처럼 뜨거워졌다.

'이런 놈이 어째서 사파에서 나온 게냐!'

아쉬움이었다. 삼왕을 대함에 있어 조금도 눌리지 않는 당당함과 권왕의 눈에도 명확히 보이지 않는 무공의 깊이, 이 두 가지만으로도 다음 대 천하제일인의 칭호를 갖기엔 충분했다.

그러나 사파, 그것도 천마의 후예다.

권왕으로서는 용악의 성장을 지켜보기만 할 수 없었다. 이 자리에 선 것도 그 때문이다.

멋있는 놈.

이것이 용악을 마주한 권왕의 솔직한 심정이었다. 권왕은 용악의 나이에 저런 기도를 가지지 못했다. 권왕만이 아니라 다른 검왕과 도왕 역시 마찬가지였다.

권왕과 마주 서서 언제든 손을 쓸 준비를 마친 용악을 보며 멋있다는 생각을 하지 않으면 그것이 더 이상한 것이다.

'몇 년만 지나면 이놈 때문에 정파는 지리멸렬되고 말 것이다. 그전에 무서움을 알려줘야 한다.'

권왕의 의도는 간단했다.

검왕과 사마중경 때문에 건방이 하늘을 찌르니 그것을 살짝

뭉개줄 요량이었다. 죽고 죽이는 싸움이 아니라 너무 건방지게 굴지 말라는 경고 차원에서.

"증명해 봐라, 네가 건방져도 되는 이유를."

"도전인가? 거부하지 않는다."

"도, 도전?"

"그럼 뭐지?"

"가르침을 내려주마."

"훗."

용악은 가르침이란 말에 짧게 웃음을 터뜨렸다.

"내 말이 우스우냐?"

"가르침? 그런 건 당신 제자에게나 하지 그래?"

"놈!"

권왕의 전신에서 기세가 소용돌이처럼 일어났다.

용악은 그 모습을 보면서도 아무런 반응을 보이지 않았다. 오히려 차분하게 권왕을 바라볼 뿐이었다. 하나 그 시선에 담긴 힘은 권왕의 기세를 단번에 뚫고 들어갈 정도로 강렬했다.

"나는, 천마다. 한 번만 더 그따위 말을 내뱉으면 용서하지 않는다."

용악의 목소리는 느릿하지만 무겁게 권왕의 귓가에 머물렀다.

흠칫. 권왕은 놀란 표정으로 용악을 쳐다봤다.

기세를 먼저 일으킨 쪽은 권왕이었다. 선공을 펼쳤음에도 기선을 제압하지 못한 것이다.

"용서하지 않으면? 어디 한번 해봐라."

권왕의 주먹이 느리게 뻗어졌다.

시작은 주먹부터였으나 손목을 지나 어깨까지 확장된 힘은 붕(鵬)이 비상하기 직전의 힘이라도 실린 것처럼 거대했다.

파아― 하앙!

붕천지의 힘이 뻗었다가 다시금 권왕의 주먹으로 모이는 소리였다.

틱. 틱. 틱.

아직 시작도 안 된 붕천지의 여파와 부딪친 용악의 몸에선 기이한 음향이 쉴 새 없이 흘러나왔다. 곧이 권왕의 힘을 거부하는 소리였다.

꾸웅!

권왕의 한 발이 땅속으로 파고들며 자세를 더욱 안정시켰다. 오른손엔 붕천지를, 왼손으론 여파를 감당할 힘을 준비하고 있었다.

힘을 내보낸다 함은 곧 그만큼의 반발력을 받아들인다는 뜻이다. 아무리 대단한 힘이라도 그것을 내보내기 위해선 발판이 필요한 법. 지금 권왕은 자신도 모르게 그 발판을 다지고 있었다.

권왕과 같은 고수가 무의식적으로 불완전함을 보완하는 것이다.

'허튼 곳은 완전히 비워두고 오로지 일권에 모든 힘을 담는다.'

권왕은 조금도 의심하지 않는 모양이다.

용악의 입에서 툴쩍 웃음이 흘렀다.

고집스러운 권왕의 얼굴과 태산에 있을 헌원경의 얼굴이 묘하게 닮았다는 엉뚱한 생각이 떠오른 까닭이다.

파파파— 하!

권왕의 주먹에서 빛이 쏟아져 나오며 주위 일대를 마구 파헤치기 시작했다.

'강하다!'

권왕의 붕천지는 검왕의 천강 못지않았다.

쾅!

첫 폭음은 용악의 삼 장 밖에서 터졌다.

용악은 첫 격돌로 권왕의 강함이 어디서 나오는지 알 것 같았다. 권왕의 권에는 여러 가지 잡생각이 없었다. 오로지 눈앞의 적을 부수겠다는 의지만이 담겨 있었다.

권왕의 강함이었다. 검왕처럼 천하를 짊어지지도 않고, 도왕처럼 교활하지도 않으며, 사마중경처럼 적절한 힘의 배치도 없지만 강했다.

폭음은 한두 번으로 끝나지 않고 연속해서 일어났다.

쾅! 쾅! 쾅!

권왕의 주먹은 겉으로 볼 때는 조금도 움직이지 않는 것 같지만, 기의 조절을 통해 박투를 펼칠 때보다 더욱 치열하게 기를 내보냈다가 거두기를 반복하고 있었다.

'깨뜨리면 다시 만들어지고, 깨뜨리면 다시 만들어지

고⋯⋯.'

권왕은 용악이 만든 무형 막을 깨뜨릴 때마다 마지막 공격을 준비하려 했으나, 그때마다 새로운 막이 앞을 가로막았다.

이 상태라면 몇 번을 계속해도 용악에게 타격을 주긴 힘들었다.

"역시나 내가 잘못 보진 않은 것 같군."

권왕은 손을 거두며 깊이 숨을 들이마셨다.

정확한 타격을 했음에도 주먹은 허전했다. 미묘한 차이로 용악이 권왕의 권을 무마시키기 전엔 느낄 수 없는 감각이었다.

"피하는 것 외에 다른 재주는 없느냐?"

"어디를 공격할지 아는데 굳이 부딪칠 필요는 없지. 너무 미련하지 않나?"

"내가 어딜 공격할지 안다고?"

"공격할 곳을 알면 모를 때에 비해 육 할 정도의 힘만 사용할 수 있지."

"피하는 것에 급급한 주제에 말은 많구나."

권왕은 용악이 하는 말을 알아들었으나 그것을 인정해 주긴 싫었다. 게다가 붕천지의 공세는 아직 제대로 시작되지도 않았다.

"그렇다면 이번에도 한번 피해봐라. 이번엔 어디로 피하는지 지켜보마."

권왕의 눈빛이 달라졌다.

"절!"

권왕이 갑자기 크게 소리치며 양 주먹을 들어 올리자 땅이 들썩이며 용악을 향해 밀려 나갔다.

"붕!"

밀려 나가는 땅과 공기가 채 용악에게 닿기도 전에 권왕은 무시무시한 기운을 뻗어냈다.

그의 양 주먹에서 뻗어 나온 권경이 채 일 장도 못 가서 갈라졌다. 그 수가 세 번에 걸쳐 늘어나자 용악 근처에 이르렀을 때는 무려 백여 개로 늘어났다.

절붕. 붕천지를 쪼개고 쪼개어 날리는 권.

권왕 최후의 비전이라 해도 과언이 아닌 무공이었다.

'완전히 다르지만… 만벽과 비슷하다.'

용악은 자신에게 날아오는 권을 바라보며 무의식적으로 눈을 빛냈다.

하나에서 시작되어 종국에는 전체가 되는 원리.

만벽의 궁극과 너무도 흡사했다. 전개 방식이나 무공 자체는 완전히 다르지만, 하나의 벽에서 시작되어 만 개로 늘어나는 원리는 같았다.

용악은 벽을, 권왕은 주먹을 만 개로 늘인 것이다.

용악이 처음으로 자리에서 발을 뗐다.

팡!

날아오는 경력 중 하나가 무언가에 가로막혀 허공에서 터져 나갔다.

'권강!'

가볍게 여겼던 권왕의 경력 하나가 지닌 힘은 강기에 못지 않았다. 그렇다면 저 수많은 경력 역시 강기라는 뜻이다.

'좋다.'

용악은 이런 힘을 만나고 싶었다. 거대하게 부풀린 엉성한 힘이 아닌 압축되고 응축된 진정한 힘과의 충돌을.

손을 뻗어 다가오는 권강 덩이 하나를 잡았다.

파슥!

폭발이 일어날 줄 알았던 용악의 손은 멀쩡했다.

용악의 황당한 행동은 거기서 멈추지 않았다.

수많은 권강이 다가오는 것을 보면서도 태연하게 둥근 원을 그렸다.

멀리서 그 모습을 보던 권왕은 입가에 미소를 얹었다. 죽지는 않아도 상당한 타격을 줄 것이란 확신에 찬 미소였다.

그러나 상황은 권왕의 예상대로 되지 않았다.

용악을 노리고 다가오던 권강 중 일부가 허공에 멈추었다.

"저런!"

권왕은 말도 안 된다는 말을 하고 싶었을 것이다. 하나 권왕의 놀람은 이어지지 않았다.

쾅!

멈추지 않은 권강들이 용악의 몸을 때렸다.

'너무 과했던가?'

권왕은 생각보다 거대한 폭음이 터지자 지나치게 손을 쓴 것이 아닌지 후회가 됐다.

쾅! 쾅!

한번 터진 폭음은 연속해서 꼬리에 꼬리를 물었다.

씁쓸한 표정을 짓고 있던 권왕의 눈빛이 달라진 것은 그때였다.

"제대로 하지 못하겠느냐!"

권왕이 갑자기 용악이 서 있던, 여전히 폭음에 휩싸이고 있는 곳을 보며 소리쳤다.

"후우, 무리야."

폭음 안에서 용악의 태연한 목소리가 흘러나왔다.

"아직 생각대로 펼치는 건 힘들어."

콰— 웅!

'음?'

조금 전에 터지던 폭음과는 다른 소리가 났다.

권왕은 안력을 돋워 용악의 상태를 살펴보려 했다.

'머, 멀쩡……'

권왕의 공격을 막느라 정신이 없어야 하는 용악의 상태는 너무도 멀쩡했다.

폭음이 터질 때마다 용악의 몸이 움찔거렸으나 그때뿐 별다른 타격은 없어 보였다.

그때, 권왕의 눈에 믿을 수 없는 광경이 시작됐다.

용악의 움직임이 빨라지며 좌측으로 몰려드는 권강을 피했다. 아니, 피했다는 표현보다는 유인한다는 표현이 옳았다.

한쪽 방향이긴 해도 그 수는 무려 수십 개.

용악은 그 수십 개의 권강을 향해 연속해서 손을 휘저었다. 그럴 때마다 권강의 개수는 줄어들었고, 폭음도 용악의 몸에서 먼 곳에서 터졌다.

'뭐지?

공격을 한 권왕조차 의아하게 만드는 광경이 아닐 수 없었다. 피하는 것은 분명한데 그냥 피하는 것이 아니라 끌고 다니는 것처럼 보였다.

'내 감각이 잘못됐나? 분명 절붕은 제대로 펼쳐지고 있다. 어째서 이런 일이……'

절붕은 권왕의 전신과 하나가 되어야 펼칠 수 있는 무공이다. 개개의 권강이 권왕의 의지에 따라 움직이기 때문이다.

엿가락을 도마에 올리고 이리저리 움직이면 도마의 들썩임, 무게에 따른 길이 변화 등은 자연히 손으로 전달되게 마련이다.

그것이 지금 권왕에겐 느껴지지 않고 있었다.

이윽고 수십 개의 권강이 용악을 일제히 덮쳤다.

권강의 비가 내린다는 표현이 어울리는 그 공간의 중심에 용악이 스스로 들어갔다.

쾅!

권강 하나가 터지며 빛을 뿌렸다.

비가 되어 내리는 권강.

용악은 멈춰 서서 그것을 받아내지 않았다. 움직여서 흐르게 하고 흐르는 것을 모아서 떨어지게 만들었다.

천마신공, 천마벽, 천마수, 곤.

무공이자 용악의 몸과 하나가 된 힘들.

떨어지는 권강들을 손으로 감당할 수는 없었다.

촛농을 전신에 떨어뜨린 후 찬물에 뛰어들어 가기라도 한 것일까?

용악의 기함 한 번에 용악을 감싸고 있던 기운, 곤에 의한 기운이 사방으로 확 퍼지며 권강들과 부딪쳤다.

콰콰콰콰!

위에서 아래로 떨어지는 권강과 곤의 충돌을 용악은 멀쩡하게 바라봤다, 마치 허공에서 벌어지는 충돌이 자신과는 상관없다는 눈으로.

'역시.'

권강들과 부딪친 곤이 멋대로 찢겨졌다.

용악의 형체를 하고 있던 곤은 이내 갈기갈기 찢겨져 내동 댕이쳐졌다. 아니, 그렇게 보일 수도 있었다. 하나 곤은 바닥에 떨어지기 전에 사라져 용악에게로 돌아간 뒤였다.

곤을 벗어내는 데 성공한 용악은 곤의 쓰임새에 대해 다시 한 번 감탄했다. 그 힘은 려군이 용악에게 전해주었던 것과 같았다.

용악에게 속하지 않으나 온전히 용악만의 것.

그 신비한 힘은 어디에도 귀속되지 않으나, 용악만은 그것을 사용할 수 있었다.

'어쩌면 곤은 내가 상상하는 그 이상의 신비함을 가지고 있는 것이 아닐까?'

충분히 생각할 수 있는 부분이었다.

권강들의 비가 떨어지는 데도 용악은 털끝 하나 다치지 않았다. 물론 권강이 떨어지며 실리는 무게에 대한 충격은 있었다. 하나 그런 정도는 눈앞에서 펼쳐지는 광경에 비하면 아무것도 아니었다.

일단은 아직 끝나지 않은 권왕의 절붕부터 해결을 해야 했다.

"타합!"

천마벽을 통해 천마신공을 일으켰고, 그 힘으로 곤을 밀어냈다. 이미 한 번 해본 방법이기에 어렵지 않게 성공할 수 있었다.

조금 전과 다른 것이 있다면 천마벽을 쪼개서 내보내며 그 위로 곤을 얹히려 했다.

콰콰콰콰!

용악이 유인해 간 권강들이 터져 나가는 소리에 권왕은 멍한 표정이 됐다. 너무 과하게 손을 썼다는 생각 때문이다.

그 순간, 권왕의 정신이 번쩍 들 정도로 강한 빛의 폭발이 용악에게서 일어났다.

푸하— 학!

용악에게서 시작된 빛은 출렁, 분명 물도 아니건만 출렁이더니 순식간에 거대란 빛덩이로 커지며 사방을 밝혔다.

'뭐, 뭐지?

권왕은 자신의 두 주먹을 쳐다봤다. 여전히 절붕은 용악을 공격하고 있었다. 주먹을 통해 이어진 느낌은 분명 그렇게 말하고 있었다.

이런 경우는 오직 한 가지였다.

용악이 절붕의 공격을 받아내고 있다는.

믿을 수 없는 눈으로 빛 덩이를 지켜보던 권왕의 눈에 수십 개의 권강이 밀려나는 것이 보였다.

빛 덩이가 커지면서 자연스럽게 밀려나는 권강들.

"허허허……."

권왕은 말 대신 허탈한 웃음으로 대신했다.

굳이 거두지 않아도 알아서 되돌아오는 경력.

전력을 다한다면 저 빛 덩이의 크기를 줄일 수는 있을지 몰랐다. 하지만 그 이후는 잘해야 동패구사였다.

가르침을 내리겠다는 권왕의 말을 용악이 비웃은 이유를 알 것 같았다. 용악은 이미 권왕과 비슷하거나 그 이상의 경지에 다다라 있었다.

"허허허……."

권왕은 무슨 말도 할 수 없었다. 웃고 또 웃었다. 그리고는 한마디를 가볍게 꺼냈다.

"큭!"

조금 전의 격돌로 무리한 데다 진기를 거두느라 순간적으로 무리했던 모양이다. 한 줌의 피를 토해낸 권왕이 반보 뒤로 물러섰다.

용악은 허탈한 표정으로 물러서는 권왕을 이해할 수 없는 표정으로 쳐다봤다. 조금 더 강하게 밀어붙였다면, 아니, 권강을 그 상태로 유지만 했어도 이렇게 빨리 싸움이 끝났을 리 없었다.

"왜 손을 거뒀소?"

"그러는 너는 왜 손을 거뒀느냐?"

"……"

"내가 졌다. 네게는 충분히 건방질 이유가 있다. 인정하마."

권왕의 말에는 진심이 담겨 있었다. 용악의 무공이 강해서 한 말이 아니라, 검왕이나 도왕 등이 인정할 만하다는 의미였다.

"당신에게 인정받고 싶어 싸운 것이 아니라 시험해 볼 것이 있어서 그런 것이오. 그리고… 죽지도 않았으면서 졌다느니 하는 말은 하지 마시오."

'갑자기 착한 놈 행세를 하네?'

용악에게 있어서 승리란 죽지 않고 살아남는 것이다.

그것을 알 리 없는 권왕의 눈엔 꽤 착하게 보일 수 있었다.

"네가… 천산마제냐?"

잠시 입을 다물고 있던 권왕이 뜬금없이 질문을 던졌다.

이전의 대화와 전혀 이어지지 않는 질문이기에 용악은 의아한 눈으로 쳐다봤다.

"이상할 것 없다. 검왕께서 천산마제와 네 얘기를 하실 때만 유독 표정이 부드러워져서 혹시나 싶어 넘겨짚은 것이니."

"……"

"대답하기 곤란하면 굳이 말하지 않아도 괜찮다. 대신 한 가지만 묻자."

"말하시오."

"천산에서 이미 그들, 십천좌란 자들 말이다. 그들과 싸웠다면서 도왕이 함께 가자고 할 때는 왜 거절을 했느냐?"

권왕의 질문에 용악은 잠시 생각에 잠겼다.

함께 움직이지 않겠다고 한 이유는 간단했다. 가봐야 그들을 상대할 수 없기 때문이다. 하지만 그렇게 말했다가는 권왕이 어떻게 나올지 뻔했다.

"조금 전에 내가 펼친 수법이 뭔지 아시오?"

용악은 대답 대신 질문을 던졌다.

"천마의 후예니 천마신공이겠지. 그 정도의 위력이 있는 줄 전혀 몰랐지만."

"곤이라는 것이오."

"곤? 무공 이름이 특이하군."

"무공이 아니라 천마께서 남기신 기보라는 말이 정확하오."

"기보? 무공이 아니고?"

"기보기는 한데… 딱히 무기라고도 할 수 없소. 좀 더 정확히 설명하자면 그 무엇에도 뚫리지 않는 호신보의?"

"내 권강에 의해 뻥뻥 뚫려지던 것을 말하는 게냐?"

권왕은 고개를 갸웃거렸다.

용악의 말과 달리 무형막이 너무 쉽게 뚫린 까닭이다.

"내가 아직 곤을 다루는 것에 익숙하지 않아 그렇게 보인 것뿐이오. 곤이 뚫렸다면 이렇게 멀쩡히 당신과 대화를 나누고 있겠소?"

"안 뚫렸다고?"

"안 뚫렸소. 흩어졌다 다시 돌아왔지."

'다시 돌아와?'

권왕은 용악의 이해할 수 없는 말에 인상을 쓰며 고민하다 입을 열었다.

"뚫린 것이 아니라 네게 되돌아갔다? 이해할 수 없는 말이구나. 마치 살아 있는 것처럼 말을 하니……."

"살아 있는 것이라고 해야 할 거요. 너무 많이 쪼개서 내 생각보다 약해졌을 뿐이오."

'살아 있는 것이라고? 게다가 너무 많이 쪼개? 이놈이 지금 나를 놀리는 건가?'

용악은 권왕이 무슨 생각을 하는지 전혀 관심이 없었다. 권강 다발을 막기 위해 준비도 안 된 상태에서 곤을 수십 개로 자른 것이 실수였다. 외부의 기를 용악보다 먼저 감지하고 막아 내는 곤이었으나 용악에게서 떨어지자 제대로 된 위력을 발휘하지 못한 것이다.

"그건 그렇다 치고, 내 질문과 그것이 무슨 연관이 있는

게냐?'

　권왕은 용악이 입술을 일자로 꾹 다문 채 말이 없자 슬그머니 다시 물었다. 싸운 뒤로 말 몇 마디 나눈 것뿐인데 묘하게 궁금했다.

　졌다고 하니 죽지도 않았으면서 무슨 소리냐고 했고, 육천좌에 대해 물었더니 무형의 기에 대해 설명을 하고 있다.

　'녀석이 반한 이유를 알 것도 같군.'

　권왕은 이 순간에 엉뚱하게도 황무가 떠올랐다. 권왕이 제자로 받아준다는 데도 기어코 용악의 부하가 되겠다던 희한한 녀석.

　지금은 권왕도 황무가 왜 그런 선택을 했는지 이해할 수 있을 것 같았다. 용악의 무공이나 사람을 대하는 태도는 충분히 마력을 갖고 있었다.

　"그들이 사용하는 무형의 기를 막아내지 못하면 저 안의 셋처럼 될 테니까."

　권왕은 용악을 말을 듣고서 멍한 표정을 지었다.

　현 강호제일을 다투는 삼왕과 여의단주에게 준비를 하지 않으면 죽는다고 말한 것이다.

　"마지막 무공은 대단했소. 곤이 아니었으면 막아내기 힘들었을 거요."

　"음?"

　권왕의 한쪽 눈썹이 올라갔다. 용악이 그런 말도 할 줄 아느냐는 표정이었다.

"물론 곤이 아니더라도 마찬가지였지만."

막아낼 수는 있어도 반격은 힘들 것이란 말은 생략했다. 굳이 그런 말을 해서 권왕의 기분을 좋게 해줄 이유는 없기 때문이다.

"그 곤이란 것이 없었어도 절붕을 막아낼 수 있다는 뜻이냐?"

"못 믿겠소?"

"……."

"……."

권왕의 게슴츠레한 눈과 못 믿겠으면 다시 해보라는 용악의 눈이 부딪치며 불꽃이 튀었다.

"관두자. 이러다 또 허송세월 보낼까 겁난다. 알았다. 그 곤이란 물건이 아니더라도 너는 절붕을 막을 수 있었다. 됐느냐?"

권왕은 귀찮다는 듯이 손을 내저으며 인정하고 말았다. 지심대인과 싸우느라 보낸 삼십 년만 해도 그의 인생에 있어 막대한 손해가 아닐 수 없었다.

"사실을 말하면서 그렇게 인상 쓸 필요는 없잖소?"

"그래… 사실이다, 사실."

용악은 권왕이 화를 참느라 수염까지 파르르 떠는 모습을 보며 속으로 웃었다.

스스로 확인하기 전엔 인정하지 않는 부류.

용악의 권왕에 대한 평가는 그랬다.

용악 역시 권왕과 크게 다를 바 없기 때문이다.

천산에서 죽을 고비를 여러 번 넘겼지만 그때마다 용악은 자신의 감각을 믿었다. 지금 그 감각이 권왕을 인정해도 된다고 알려준 것이다.

"가겠소."

"나 혼자서도 전부 막아낼 수 있을 것 같았다."

권왕은 돌아서는 용악에게 한마디 툭 내뱉었다.

"천좌든 뭐든 강호에 들어오기만 하면 때려죽이겠다고 장담했다. 한데… 그건 내 생각일 뿐이더구나."

착잡함이 담긴 목소리엔 후회가 담겨 있었다.

검왕의 말대로 삼왕은 모두 혼자서 천좌의 후예들을 물리칠 수 있다고 믿었던 모양이다.

"그들도 오랫동안 준비를 했소."

"놈들이 뭘 준비했는지는 관심없다."

"검왕과 단둘이서 열 명의 놈과 싸웠소. 겨우 넷을 죽이고 심각한 부상을 입었소. 나중에 검왕께서 말씀해 주셨소. 그들은 천좌의 후예이고 나와 관련이 있는 자들이라고."

"당연한 것 아니냐? 너는 천마의 후예……."

"당시엔 그걸 몰랐소, 그저 사부님과의 약속을 지키기 위해 그곳에 있었으니."

"그럼 네가 천마의 후예라는 것은 언제 안 게냐?"

"곧 겨울이니 일 년도 안 된 것 같소. 빚을 갚기 위해 태산에서 머물 때이니."

"빚?"

"내가 천산에서 살아남을 수 있게 해준… 뭐, 그런 일이 있소."

용악은 황보소소를 떠올리자 웃음이 나왔다.

"후우, 한번 엮인 인연은 오백 년이 지나도 끊어지질 않는구나."

"그들은 더 강해졌소. 그들 뒤에 누가 있는지 모르지만……."

"음? 지, 지금 뭐라고 했느냐?"

"그들 육천좌의 뒤에 누군가 있다고 했소."

"……!"

권왕은 태연하게 대답하는 용악을 노려봤다.

믿을 수 없는 말이었다.

지심대인 등 셋을 혼자서 죽인 자가 여섯이란 사실도 놀라운데, 그런 육천좌의 뒤에 누군가가 더 있다는 사실을 어떻게 믿으란 말인가?

"준비가 되지 않으면 가지 않을 거요."

"준비? 뭘 준비한다는 게냐?"

"죽지 않을 준비."

"……."

권왕은 순간적으로 용악의 눈빛을 보고 몸을 떨었다.

한 점 망설임도 없이 죽음을 입에 올렸다.

그 한마디에 살아온 세월의 많고 적음이 얼마나 무의미한지 깨닫게 되는 권왕이었다.

'허! 저 나이에 어떤 경험을 하면 저런 눈이……'

권왕은 검왕이 용악을 바라보는 시선의 의미가, 사마중경이 용악의 행동을 존중하는 이유가 한꺼번에 이해됐다.

"알겠네. 나도 당분간 여의단에 머물러야겠군."

"먼저 가겠소."

용악은 권왕의 말을 못 들은 척 돌아섰다.

"들은 게냐? 나도 여의단에……."

권왕이 대답없는 용악을 부르려 할 때, 용악의 신형은 잔상을 남기며 허공으로 빨려들어 가고 있었다.

"그놈 참… 잘났다, 잘났어."

권왕의 목소리에 부러움이 담겼다.

나이 팔십 넘은 노인의 걱정은 눈에 보이는 것이었는데, 겨우 이십대 청년의 걱정은 팔십 노인이 보지 못한 것에 대한 것이다.

용악을 인정하지 않았을 때는 모든 것이 마음에 들지 않더니 이젠 용악이 무슨 말을 해도 믿음직해 보였다.

권왕은 용악이 완전히 사라진 것을 확인한 뒤에야 발걸음을 재촉했다. 아직 검왕 등이 남아 있을 청죽림으로 가려는 것이다.

*   *   *

석양이 지고 있었다.

홍석협의 바위들은 석양빛을 반사시켜 아래쪽 물줄기에 담았고, 붉음을 담은 물은 도도히 아래로 아래로 흘러내려 갔다.

용악은 홍석엽을 지나치다 흐르는 물소리에 잠시 발걸음을 멈추었다.

봉우리를 올라갈 때는 전혀 몰랐으나 긴장을 했던 모양이다. 들리지 않던, 아니, 인식하지 못했던 물소리가 다 들렸다.

바람이 용악의 머리칼을 흔들었다.

'그때도 정신없이 움직이다 잠시 쉬려고 했었지.'

태산 기슭의 수많은 바위 중 하나에 앉아 잠시 쉬려고 했다. 태산에 도착한 뒤로 황보세가를 찾기 위해 며칠을 돌아다녔으나 찾을 수가 없었다.

잠시 땀을 식히느라 앉은 바위 앞으로 한 여인이 지나갔다. 흑발의 고운 머리칼을 날리며 지나칠 때 곁눈질로 용악을 보던 여인.

황보세가를 가르쳐 주던 그녀가 황보소소였음을 알고서 얼마나 기분이 좋았는지 모른다.

그 당시의 상황이 떠오르자 기분이 좋아졌다.

어차피 가려고 했던 곳이었으나 바람 때문에 참기 힘들었다, 하필 바람이 머리칼을 흔들어서.

팡!

지나가던 바람이 용악에게 붙잡혀 휘돌다 발아래 모였다. 모이고 모인 바람은 이내 응축된 힘이 되어 용악을 순식간에 날려 보냈다.

*　　　　*　　　　*

　"안 가겠다고? 본 도왕이 그렇게까지 했는데도 말이야. 그
럼 가도록 해줘야지."

　일부러 용악의 뒤를 쫓으려 한 것은 아니었으나 용악이 어
느 방향으로 가는지 확인은 해야 했다.

　모든 것이 완벽했는데 용악이 틀어버리는 바람에 천산행은
실패로 돌아갔다.

　"차질을 빚었으나, 놈을 움직일 방법이 전혀 없는 것은 아니
지."

　도왕은 용악이 사라진 방향을 가늠하며 의미심장한 웃음을
지었다.

第四章
심(心) 안에 넣은 이름

천산마제

그들 여섯 명은 은발을 하고 백의를 입었으며 같은 자세로 가부좌를 틀고 앉아 허공 한 점을 응시했다. 바람도 공기도 모두 그들이 없는 것처럼 지나쳤다.

한 명이 천천히 자신의 손을 내려다보았다.

겉으로 볼 땐 텅 비었건만 그의 눈빛에 만족스러움이 담겼다.

"마침내 근방 이백 리 안의 생명은 모두 사라졌군."

높낮이가 사라진 목소리에 담긴 것은 허무함이었다.

"금수들도 알아서 피해갔소. 이제 그들 둘이 오길 기다리면 될 것 같소, 검좌."

검좌의 옆에 앉아 있던 은발사내가 말을 받았다.

이들이 앉아서 한 일은 간단했다.

기감을 퍼뜨려 이백 리 안팎을 감시했고, 그러다 살아 있는 생명체가 느껴지면 죽인 것이다.

"그분께서 버리라 하실 때만 해도 내가 이 정도까지 강해질 줄은 몰랐소."

"마찬가지요."

"진즉에 버렸으면……."

"열이 아니라 여섯이기에 버릴 수 있었던 걸 잘 알잖소, 검좌."

"검좌, 수좌… 이젠 우리끼리 구별하기 위해 사용하는 말이 됐군."

"심(心) 안으로 갈무리했다고 해도 그 형태는 변하지 않소. 내 안에도 도(刀)가, 검좌 안에는 검이 들어 있지 않소?"

두 사람의 대화가 멈출 즈음 나머지 네 사람의 눈도 떠졌다.

"수좌, 도왕은 만나보았소?"

검좌가 수좌를 돌아보며 물었다.

"그를 굳이 만날 필요는……. 천산마제와 검왕을 이곳으로 데려오면 죽일 자인데."

도왕은 얼마 전 육천좌가 천산의 생명들을 도륙할 때 나타났다. 묵도 한 자루를 허공에 띄우고 조심스럽게 여섯 명을 살피던 그가 도왕이었다.

수좌는 유리알 같은 눈으로 먼 곳을 응시했다.

청죽림에서 가짜 삼천좌를 죽이고 천산으로 돌아온 지 하루가 지나지 않았다. 도왕의 말대로라면 벌써 움직임이 있어야 하건만 천산은 조용하기만 한 것이다.

"일부러 반경 천 장 안엔 아무도 얼씬거리지 못하게 만들어 놨는데, 헛수고했군."

검좌의 한마디에 침묵이 흘렀다.

해는 아직 저물지 않았는데 하늘에는 반월이 모습을 드러냈다.

"저 달이 채워지기 전에 와라. 그렇지 않으면 우리가 내려간다, 천산마제, 검왕."

스스스.

검좌의 전신에서 백색 빛무리가 흘러나왔다.

그 빛은 검좌를 감쌌고, 이내 다른 오천좌의 몸에서 흘러나온 빛과 융합되었다.

천산 정상을 모두 뒤엎을 것 같은 거대한 빛무리.

"그분께서 전해주신 힘을 모두 우리 것으로 만들었다. 천산 마제, 검왕! 너희들을 시작으로 천하는 우리의 것이 된다."

"오백 년 전, 그분을 저 외로운 곳으로 몰아세운 자들은 모두 죽을 것이다!"

검좌의 말은 백색 빛무리 안에서 흘러나왔다.

'그분'은 그들에게 십천좌란 칭호를 부여해 주었고, 천산마제와 검왕에게 밀려 돌아갔을 때 더욱 강한 힘을 심어준 사람이다.

천좌의 후예.

여섯 명의 시선이 일제히 뒤로 돌아갔다. 그리고는 일제히 천산 너머 어딘가를 향해 아홉 번에 걸쳐 절을 올렸다.

*　　　*　　　*

태산을 지키는 바람이 차갑게 입김을 토해냈다.

수십 리는 족히 될 길이 잘 닦여져 누구나 쉽게 태산을 오를 수 있도록 되어 있었다.

그 길을 따라 오르면 언제 부서졌는지 모를 정도로 말끔한 정문이 나오는데 그곳이 황보세가였다.

톡톡.

가녀린 손이 정문을 지탱하고 있는 기둥을 두드렸다.

"신기해요. 이 년 전만 해도……."

황보소소는 기둥을 받치고 있는 주춧돌부터 처마까지 한 번에 쭉 훑어보고는 아이처럼 눈을 빛냈다.

그 눈에는 자랑스러움이 담겨 있었다.

"소소야, 안다."

황보성은 황보소소의 어깨를 두드려 주었다.

"아버님께서 계셨으면 오빠를 무척 자랑스러워하셨을 거예요, 오빠."

"용 교주만 간 것이 아니라 삼왕과 여의단주께서도 함께 가셨다. 조금 전에 들어온 소식에 의하면 도망치는 좌위들을 쫓고 있는 중이란다."

"걱정은요, 무슨."

"하면 어제부터 왜 정문에 나와 서성이는 거냐?"

"침상에 누워 있는데 정문이 어떻게 생겼는지 생각이 안 나는 거예요."

"뭐?"

황보성은 황보소소의 엉뚱한 대답에 어이없는 표정을 지었다. 거짓말임을 알지만 황보소소를 들여보내려면 속아주는 척해야 했다.

"이런 문양이 생겨져 있었어. 오빠, 이 문양은 제 노리개에 새겨져 있던 것보다 훨씬 아름다운데요?"

"신 노사께서 직접 조각하셨으니 그렇지."

"정말이지, 신 할아버지의 솜씨는 굉장해요."

황보성과 대화를 나누면서도 황보소소의 시선은 기둥에 닿아 있었다.

"가장 먼저 알려주마."

"……."

용악에 관한 얘기임을 알면서도 황보소소는 못 들은 사람처럼 대답하지 않았다.

그때, 헛기침과 함께 한 사람이 끼어들었다.

"험, 험. 소소야, 황보 가주를 잠깐 빌려갈 수 있을까?"

제갈기가 미안한 얼굴로 다가왔다.

"어머, 얼마든지요."

황보소소는 제갈기의 목소리에 반색을 하며 돌아보고는 황보성의 등을 떠밀다시피 했다.

황보성과 얘기할 때는 어색한 웃음만 짓던 황보소소의 표정에 밝은 웃음이 떠올랐다.

"싫다. 난 안 간다."

황보성은 팔짱을 낀 채 고개를 가로저었다.

"가주님, 기 오라버니 표정을 보고 말하세요."

황보소소가 제갈기를 가리키자 제갈기는 최대한 굳어진 표정을 연출했다.

"기는 능력이 출중해서 나 없이도 잘한다."

황보성은 잠시 제갈기를 보다가 다시 고개를 가로저었다.

"가주, 그런 말도 안 되는 소릴. 소소야, 무슨 일이냐? 무슨 일인데 가주가 저리 뿔이 난 게냐?"

제갈기의 목소리에 난처함이 묻어났다.

황보성은 제갈기가 저 정도까지 다급해하는 것을 보고는 어쩔 수 없이 낮게 한숨을 내뱉었다.

"농담일세. 소소가 하도 고집을 피워서 놀려주려고 했는데, 자네만 곤란해진 모양이네."

"고집?"

"그런 게 있네. 소소야, 너무 오래 있지는 마라."

황보성은 고개를 가로저으며 제갈기의 어깨를 끌어안고 안으로 들어갔다.

십여 걸음 안으로 들어갔을까, 황보성은 자리에 멈춰 서서 뒤를 돌아봤다.

기둥에 몸을 기댄 채 어딘가를 바라보는 황보소소의 뒷모습이 눈에 들어왔다.

"용 교주 때문인가?"

"용 교주가 그곳으로 갔다는 소식을 접하고는 어제오늘 저런다네."

"……."

제갈기는 말없이 황보소소를 바라봤다.

정문까지 오는 동안 그의 눈엔 황보소소의 모습밖에 보이지 않았다.

누군가를 사랑하면 여인은 아름다워진다고 했다. 황보소소는 시간이 지날수록 점점 더 아름다워지고 있었다. 그 이유가 용악 때문임을 알면서도 맥이 빠지고 마는 제갈기였다.

"기다림이 아름다운 건가, 기다릴 사람이 있는 마음이 아름다운 건가?"

제갈기는 자신도 모르게 중얼거렸다.

"이 사람, 흰소리는."

"후후후. 농담이 아닐세. 자네야 여동생이니 모르겠지만, 십대세가의 청년들이 황보세가를 방문하려는 이유 중 가장 큰 것이 소소의 미모 때문이라네."

"그런가? 흠, 소소가 예쁘긴 하지. 하하하!"

"이런 팔불출 같은 사람."

"소소를 위해서라면 그 정도쯤이야. 하하하!"

황보성이 또다시 웃음을 터뜨리자 제갈기도 더 이상은 참기 힘든지 함께 웃었다.

황보성의 눈은 웃지 않고 있었다.

웃음으로 막지 않으면 황보소소에 대한 제갈기의 마음이 나올 것 같은 까닭이다.

'언제고 말을 해야 하긴 하는데…….'

황보성은 황보소소와 또 다른 이유로 용악을 기다리고 있었다.

방 안으로 자리를 옮긴 황보성과 제갈기의 표정은 굳어 있었다.

"…곧 도착한다고 하네."

"자, 잠깐 기다리게, 기. 내가 자네의 말을 제대로 들었는지 다시 한 번 말해보겠네. 자네는 분명 지금 이곳으로 구대문파의 명숙들이 오고 있는데 그 이유가 우리 십일대세가를 보호하기 위해서라고 했네. 맞는가?"

"맞네."

"말이 안 되잖은가? 여의단주께선 삼천좌란 자들과 싸우러 가셨는데 구대문파의 명숙들은 우리를 찾아온다니."

"그들은 여의단이 아니라 구대문파의 명숙들이네. 여의단의 뜻에 따라 움직이는 사람들이 아니지."

"기! 그렇다면 그건 더 큰 문제 아닌가? 그들이 무슨 명분으로 십일대세가를 보호한다는 거지? 혹시……."

"그 혹시가 맞을 걸세. 천하 각지에서 보내는 십일대세가의 정보력은 실로 엄청나니까. 그 정보가 혈교로 향한다면…….”

“십일대세가의 정보는 오직 십일대세가의 안위를 위해서만 사용한다! 약조한 서류를 보여주세.”

“그걸 보여줘서 믿을 것 같았으면 이곳까지 올 리가 없지.”

“……?”

“혈교와 분리시키려는 것일세.”

“혈교와 분리? 우리가 언제 혈교와 하나였나?”

“태산 입구를 지키는 사람들이나 장제께서도 긴장해야 할 만큼 강한 저들을 보게 된다면 더하겠지.”

“…….”

황보성은 제갈기가 가리킨 사람들을 돌아봤다.

용악의 명령에 따라 황보세가를 도우러 온 천마구로라고 하던 아홉 명의 고수이다.

헌원경 혼자서 십일대세가 무인들을 지휘하며 고군분투하고 있을 때 그들이 도착했다.

그들은 도착하자마자 사림이종 등을 물러서게 한 후 좌위들 및 소모품들을 쓸어갔다. 그들을 본 헌원경은 그저 탄식만 흘렸을 뿐이다.

천마구로 개개인이 모두 헌원경 못지않은 고수들임을 한눈에 알아본 까닭이다.

“자네 생각은 어떤가?”

황보성의 질문에 제갈기는 곤란한 표정으로 길게 숨을 내쉬었다.

"앞으로 이런 간섭은 더 심해질 걸세. 삼천좌란 자들의 본거지가 소탕된 이상 더더욱."

"그 일과 황보세가가 무슨 상관이라고?"

"여의단은 그동안 소모품들과의 싸움으로 많은 인원을 잃었네. 당연히 구대문파에서 그 인원을 충당하려 하겠지? 그럼 구대문파가 약화될 것은 자명한 일이잖은가. 그것이 우리 십일대세가를 견제하려는 이유일 걸세."

"견제?"

"우리가 커지면 커질수록 그들은 위협을 느낄 테니까. 이미 우리 십일대세가의 정보력은 구대문파를 앞서고 있는 상태네. 천하 각지에 흩어져 있는 십대세가에서 보내는 정보만으로도 천하 정세를 읽을 수 있을 정도니 그럴 만도 하지."

"……."

황보성은 잠시 말을 멈추고 제갈기를 바라봤다. 마치 구대문파에서 견제할 것을 예상이라도 한 듯한 태도였다.

"어찌할 텐… 왜 그러나?"

제갈기는 고개를 돌리다 황보성의 표정을 보고 의아해지고 말았다.

"자넨 이미 예상하고 있었지?"

"…뭘 말인가?"

"내가 뭘 묻는지 알잖은가?"

"……."

"……."

"한 번은 거쳐야 할 일이네."

"무엇을?"

"십일대세가연합, 십일련의 발족."

"그거야 이미……."

"천하에 공개해야 하네. 우리끼리 암묵적인 협의는 충분히 그들의 오해를 살 수 있네."

"…그래서 그들이 오도록 내버려 둔 건가?"

황보성의 음성이 가라앉았다.

"곧 십대세가의 차기 가주들도 도착하네."

제갈기는 황보성의 눈을 피하지 않고 대답했다.

한 번은 넘어야 할 일이었다.

"어째서 나만 몰랐던 건가, 기?"

황보성이 제갈기의 눈을 똑바로 바라보며 물었다.

제갈기는 이미 방 안으로 들어오는 순간, 유야무야 넘어갈 수 없음을 알고 있었다.

"가주가 알 정도의 일이 아니라고 여겼기 때문이오. 이 정도의 일로 십일련의 련주가 나설 필요는 없다 여겼소."

십일대세가의 차기 가주들이 인정한 두 사람의 직책은 십일련주와 부련주였다.

황보성의 굳어 있던 표정이 제갈기의 대답으로 서서히 풀렸다.

"자네가 그렇다면 그런 거겠지. 알았네. 내가 어떻게 해야 하겠나?"

"······!"

제갈기는 당연히 화를 낼 줄 알았던 황보성이 갑자기 태도를 바꾸자, 놀란 눈으로 눈만 몇 번 깜빡일 뿐 곧바로 대답하지 못했다.

오늘 있을 일에 대한 제갈기의 생각은, 십일련이 발족하기 위해서는 황보성과 의견 대립이 있더라도 반드시 관철시켜야 할 일이라 여긴 것이다.

"가주, 실망한 것 잘 아오. 하나······."

"실망하지 않았네, 부련주. 십일련. 사실 내겐 뜬구름 같은 이름이네. 내가 무인도 아니고 그렇다고 강호를 좌지우지할 욕심이 있는 것도 아니고. 하지만 한 가지는 분명하지. 부련주가 욕심내는 일이라면 나도 그래야 한다는 것."

"······."

"내가 해야 할 일인데, 잘 알지 못하니 자네가 알려주게. 다른 도움은 못 되더라도 부련주를 끝까지 믿어주는 건 할 테니. 하하하!"

황보성은 아직도 놀람이 가시지 않은 제갈기를 바라보며 웃었다. 련주, 부련주. 낯설기만 한 신분이었으나 제갈기가 원한다면 못할 것도 없었다.

"정녕··· 고맙네."

제갈기는 다가와 황보성의 손을 꼭 잡았다.

자신의 의견을 따라줘서 고마운 것도 아니고, 십일련의 부련주라 인정해 줘서 고마운 것도 아니었다. 그저 친구를 믿어주는 황보성의 마음이 고마울 뿐이었다.

"자신있나?"

황보성의 입가엔 여전히 웃음이 달려 있었다.

"이런 일은 자신을 갖고 하는 일이 아니네."

"그럼?"

"정해진 대로 가기만 하면 되는 일이네."

"정해진 대로?"

"십일련은 앞으로 여의단과 어깨를 나란히 할 유일무이한 세력이 될 걸세."

"자네만 믿으면 말이지?"

"아니."

제갈기가 고개를 가로저었다.

"……?"

"련주를 믿어야 하오, 부련주가 평생 보필하고 싶어하는 련주 자신을."

이번엔 제갈기가 먼저 웃었고 뒤이어 황보성이 따라 웃었다. 이미 제갈기의 머릿속엔 많은 계획이 담겨 있는 것이다.

"알았네, 부련주."

두 사람은 서로의 손을 힘껏 잡았다.

*　　　　　*　　　　　*

태산 자락에 발을 들인 종남파의 을목 진인은 잠시 멈춰 서서 깊게 숨을 들이마셨다. 화산파의 검울(劍蔚) 위고헌, 아미파의 소봉 신니, 무당파의 종대선생도 호흡을 가다듬었다.

네 사람의 뒤로는 범상치 않은 기도를 가진 무인 이십여 명이 시립해 있었다. 모두 구대문파의 제자들이었다.

"오늘 우리의 임무는 실로 막중하다 할 수 있소. 무량수불."

을목 진인이 가장 먼저 입을 열었다.

"최대한 혈교 무리와의 충돌은 피해야 합니다."

종대선생은 무당파의 상징인 청명검을 꾹 쥐었다가 놓으며 안광을 빛냈다.

"최근 일 년 동안 황보세가는 비약적인 성장을 이뤄냈습니다."

"지금까지 십일대세가를 하나로 모은 가주는 아무도 없었소. 황보 가주를 반드시 혈교의 무리로부터 떼어놓아야 하오."

"그 때문에 우리가 모였잖습니까? 황보세가의 정보는 정파를 위해서만 쓰여야 합니다."

네 사람은 이미 몇 번이고 반복해서 했던 말을 다시 나눴다. 뒤에 시립해 있는 제자들에게 결코 나쁜 일을 하려는 것이 아님을 상기시키려는 것이다.

제자들은 곧 눈빛을 빛냈다.

네 사람의 의도가 제대로 주입된 모습이었다.

제자들의 상태를 확인한 을목 진인 등은 곧 태산을 오르기 시작했다. 하나 한참을 올라가도 그들을 막아서는 사람들, 혈교의 무리는 보이지 않았다.

"길은 잘 닦여 있군요."

소봉 신니가 맑은 목소리를 냈다.

"그렇구려. 길만 잘 닦인 것이 아니길 바라지만 말이오. 무량수불."

을목 진인이 쉴 새 없이 눈을 굴리며 주위를 살폈다.

역시나 혈교의 무리는 모습을 드러내지 않았다.

을목 진인은 뒤를 돌아보며 위고헌과 종대선생에게 무슨 일이냐는 눈짓을 보냈다. 하나 위고헌과 종대선생도 태산은 초행이기에 어깨만 으쓱거렸다.

중턱을 지나 길이 옆으로 둥글게 휘어지자 멀리 전각의 지붕이 그들의 눈에 들어왔다.

"아!"

소봉 신니가 탄성을 터뜨렸다.

겨우 지붕 하나일 뿐인데 서둘러 다른 건물들을 보고 싶어진 것이다.

"잘 지었구려."

을목 진인이 최대한 담담하게 소봉 신니의 심정을 대변해 주었다.

"신 노사께서 직접 지으셨다고 들었소."

"무당파에선 그토록 청해도 들은 척도 안 하시던 분이……."

"무당파뿐이겠소. 우리 화산파도 신 노사께 몇 년을 공들였는지 모르오."

아무도 위고헌의 대답에 토를 달지 않았다.

구대문파 전부가 신공장의 솜씨를 바랐기 때문이다.

일각 정도 더 걸었을 때, 네 사람의 눈에 황보세가의 정문과 그 앞을 지키고 있는 사람들이 들어왔다.

"아는 얼굴이라도 있으십니까?"

을목 진인이 세 사람을 돌아봤으나 다들 고개를 가로저었다. 여의단과 구별된 구대문파에 속한 사람들이라 삼왕오제에 대한 얘기만 들었지 직접 본 적은 없는 것이다.

황보세가의 정문 앞에는 헌원경이 황보성 등과 함께 나와 있었다.

헌원경은 제갈기에게 저들의 방문 목적을 들었을 때 구대문파와는 최대한 좋은 관계를 유지해야 하니 함께 맞이하자고 했다.

그러나 아무리 구대문파의 명숙들이라고 해도 헌원경 앞에서 뻣뻣이 고개를 든 채 인사를 받으려 해선 안 되는 것이다.

을목 진인 등 네 사람은 황보세가 정문 앞에 멈춰 서서 고개를 좌우로 돌렸다. 자신들을 맞이할 황보세가의 가주를 찾는 태도였다.

"구대문파에서 오셨다고 들었소만?"

"누구……."

헌원경의 눈가가 씰룩였다.

"황보세가의 가주 황보성이라고 합니다. 먼 길 오시느라 고생이 많으셨습니다. 장제십니다."

"아! 이런 실례를! 종남파의 을목이 장제를 뵙습니다."

을목 진인을 시작으로 네 사람은 거의 동시에 포권을 취했다. 그 모습에는 꾸민 흔적을 찾아볼 수 없었다.

"잘 오셨소. 안으로 드십시다."

헌원경은 을목 진인 등의 태도를 보고 나서야 노여움을 거두었다.

대전까지 걸어가는 동안 소봉 신니는 황보세가의 건물들에 혼이라도 뺏긴 사람처럼 탄성을 연발했다.

'인간의 손길로 이처럼 아름다운……. 오! 저런 세세한 곳까지 직접!'

소봉 신니의 눈길이 머문 곳은 정문을 지키는 위사들의 거처, 정확히는 아무도 신경 쓰지 않는 처마 아랫부분이었다.

그곳엔 불문사천왕의 부하로 여겨지는 신장의 부리부리한 눈이 새겨져 있었다.

기상이란 겉으로 드러낸 것만이 전부가 아니었다. 세세한 부분까지 혼을 실어야만 그것이 살아서 전체를 감싸는 것이다.

대전 안으로 들어가던 소봉 신니가 다시 멈춰 섰다.

밖의 날씨는 싸늘했다. 한데 대전 안으로 들어서는 순간 따스한 기운이 몸을 감쌌다. 이상함을 느낀 사람은 소봉 신니 혼자가 아니었다. 다른 세 사람 역시 이상함을 느꼈는지 어리둥절한 표정을 짓고 있었다.

"저 탁자는 최근에 들여온 것인데, 대리국에서도 신기한 물건이라고 하더군요. 스스로 열을 내는 돌이라고 합니다."

황보성이 네 사람의 표정을 읽고서 친절하게 설명을 해주었다.

"그, 그렇군요."

을목 진인은 미미하게 고개를 끄덕였다. 하마터면 일개 세가에는 어울리지 않는 물건이란 말이 나올 뻔했다.

"우리가 온 이유를……."

을목 진인은 자리에 앉자마자 본론을 꺼내려 했다.

"진인, 먼 길을 오셨는데 잠시 숨 좀 돌리시지요."

황보성이 을목 진인의 말을 막은 후 제갈기를 돌아봤다. 제갈기가 차를 가져오라고 시키자 비녀는 차를 다 따른 뒤에 나갔다.

탁.

대전 문 닫히는 소리가 공허하게 울렸다.

"기 이 사람이 제갈세가의 소가주인 것은 다들 아시는지요?"

황보성이 먼저 말문을 열었다.

을목 진인 등은 제갈기를 돌아봤다가 이내 고개를 끄덕였다. 제갈세가는 구대문파의 고문서를 종종 해석해 주곤 해서 제갈기의 아버지를 기억하는 까닭이다.

"얼마 전 여러분께서 황보세가를 찾으신다고 해서 궁금했습니다."

"흠. 황보 가주, 본 진인은 말을 돌려서 할 줄 모르오. 먼저 묻겠소. 최근 들은 정보에 의하면 십일대세가가 황보세가를 중심으로 세력을 만든다는 소문이 있던데 사실이오?"

을목 진인은 황보성을 뚫어져라 쳐다보며 대답을 기다렸다.

말은 질문 형식이었지만 '너희들이 우리 허락도 없이 세력을 만들 수 있을 것 같으냐?'는 무언의 협박이 담겨 있었다.

"십일대세가의 모임이라고 해서 십일련이란 이름을 붙여봤습니다. 그저 세가들의 친목을 도모하고자 만든 것이지요."

황보성의 태연한 대답에 을목 진인과 다른 세 명숙의 인상이 보기 좋게 일그러졌다.

"다른 곳은 없습니까?"

"다른 곳이라니요?"

"이를 테면, 혈교?"

을목 잔인이 황보성을 쏘아봤다.

그 눈빛에는 적의가 담겨 있었다.

"진인, 말씀이 지나치구려."

듣고만 있던 헌원경은 결국 나설 수밖에 없었다.

"혈교가 황보세가를 비호하고 있음은 만천하가 다 아는 사실입니다. 구대문파에선 황보세가를 비롯한 십일대세가를 정파의 동지로 생각했습니다. 그랬기에 그간 아무런 조치도 취하지 않은 것입니다. 그 정도면 충분히 예의를……."

"언제부터 그리 신경을 썼다고!"

헌원경의 날카로운 시선이 을목 진인을 향했다.

을목 진인은 헌원경의 시선을 받자 찔끔한 표정이 되어 곧바로 고개를 돌렸다.

"아미타불, 장제께선 잠시 흥분을 가라앉히시지요. 구대문파에서 황보세가에 왜 신경을 안 썼겠습니까? 황보세가에 일이 났을 때마다 여의단에서 사람들이 오지 않았습니까?"

소봉 신니는 최대한 부드럽게 말하며 대화에 끼어들었다.

"여의단 사람들?"

헌원경이 의아한 표정으로 황보성을 돌아봤다. 황보성은 제갈기를 돌아봤다. 두 사람의 시선을 받은 제갈기는 미간을 찌푸리며 소봉 신니를 쳐다봤다.

"조금 전에 련주께 소개를 받았지요. 저는 십일련의 부련주를 맡고 있는 제갈기라 합니다."

"노니는 소봉이라 하오. 아미타불."

"소봉 신니셨군요. 한 가지 질문을 드려도 될까요?"

"하시지요."

"명확히 하질 않으셔서 그런데, 여의단에서 나오신 겁니까?"

"여의단과 구대문파는 하나나 마찬가지……."

"여의단은 아니시군요?"

"…그곳에 직책은 가지고 있지 않으나……."

"황보세가는 분명 여의단의 도움을 받았습니다. 하나, 구대문파에서 도움을 받았다고 말씀드리긴 힘들군요. 그러니 이곳에 온 이유를 분명하게 밝혀주셔야겠습니다, 신니."

제갈기의 말투는 공손했으나 소봉 신니를 바라보는 눈매는 날카롭기 그지없었다.

소봉 신니는 허를 찔린 표정이 되어 을목 진인 등을 돌아봤으나 다들 얼굴만 굳히고 있을 뿐이었다.

구대문파의 장문인들은 십일대세가가 연합하게 되면 어떤 결과가 벌어질지 잘 알고 있었다. 그런 일이 일어나기 전에 경고를 하기 위해 을목 진인 등을 보낸 것이다.

"구대문파에선 황보세가의 변질을 의심하고 있소. 십일대세가를 하나로 모으는 이유가……."

을목 진인이 말끝을 흐리며 황보성을 돌아봤다.

무슨 말을 할지 굳이 듣지 않아도 알 수 있을 정도의 눈빛이었다.

"하아, 일이 이렇게까지 되다니 믿을 수가 없군요. 저 황보세가주 황보성이 분명히 말씀드리겠습니다. 황보세가는 혈교와 무관합니다."

"조금 전엔 분명……."

"혈교의 도움을 받은 것은 사실입니다. 하나 그 일로 황보세가가 가야 할 길이 바뀌는 것은 아닙니다."

"천마가 가만히 있겠소?"

"그것은 우리가 알아서 하겠습니다."

"구대문파에서 돕겠소. 혈교의 무리가 자리를 잡게 되면 강호는 또다시 피가 흐르고 시체가 쌓이게 되오. 그전에……."

"쯧쯧."

을목 진인은 확신에 차서 말을 잇다가 갑자기 들려온 혀 차는 소리에 고개를 돌렸다.

헌원경이 고개까지 저으며 계속해서 혀를 찼다.

"장제께선 무엇이 마음에 들지 않으신지요?"

"허허허. 맞소. 내가 장제요. 평생을 사파의 조무래기들을 쳐 죽이던 장제요. 그런 내 앞에서 천마 운운하다니 혀를 안 찰 수가 없구려. 내 말은 아주 간단하오. 천마든 누구든 말년에 얻은 내 손자손녀에게 해를 끼치면 골수를 뽑아내고 내장을 꺼내 들개의 밥으로 내준다는 말이오. 아셨소?"

"……"

을목 진인 등은 헌원경의 잔인함이 뚝뚝 떨어지는 말에 할 말을 잃고 말았다. 그들을 향한 경고였기 때문이다.

"장제께선 오해를 하셨습니다. 구대문파는 황보세가를 도우려 하는 것입니다."

"가주, 구대문파의 도움이 필요한가?"

헌원경이 황보성을 돌아봤다.

"지난 일 년간 여러 번의 고비를 넘기며 깨달은 것이 있습니다."

"뭔가?"

"강호에서 살아가려면 혼자선 어림도 없다는 것입니다."

"옳구나!"

헌원경은 탄성을 터뜨리며 활짝 웃었다.

"그래서 저와 뜻을 같이하는 십일대세가의 소가주들과 모였고, 그곳에서 연합을 만들어 각지에 퍼져 있는 세가들이 혼자가 아님을 깨닫게 됐습니다. 안 그래도 어느 정도 자리가 잡히면 유수한 세월 동안 강호의 큰 기둥이 되어주신 구대문파에 도움을 청하려 했습니다."

황보성은 태연하게 말을 끝냈다.

"아미타불."

소봉 신니는 연호와 함께 합장을 취했다.

황보성의 대답에 뭐라 반박할 말이 떠오르지 않은 까닭이다.

"황보 가주, 질문을 잘못 이해하신 것 같소."

을목 진인이 듣다 못해 노기 어린 목소리로 물었다.

황보성은 무슨 말인지 모르겠다는 표정으로 오히려 을목 진인을 쳐다봤다.

"십일대세가연합과 관련된 일은 구대문파에서 관여할 문제가 아니오. 우리가 이곳에 온 이유는 혈교의 무리 때문이오. 그들은 해악한 존재들이라 한시라도 빨리 떼어내야 하오. 가주가 원하기만 한다면 구대문파의 제자들이 며칠 내로 이곳에 주둔하게 될 것이오."

'혈교가 황보세가의 위기를 도와줬다는 것을 모르지 않을 텐데도 이런 말을 한다? 협박이군.'

제갈기는 을목 진인의 준비된 대답에 속으로 고소를 금치 못했다.

"혹시 올라오시는 길에 혈교와 관련된 분들을 보신 적이라도 있으십니까?"

천마구로 등은 황보성의 부탁으로 은신한 상태였으니 을목 진인이 봤을 리 만무했다.

"혹시나 해서 일 년 전의 일을 잠시 설명드리겠습니다. 용 교주, 지금은 천마라 불리시지요. 그분께서 한때 황보세가의 식객으로 머무신 적이 있습니다. 그때의 인연으로……."

"알고 있소."

을목 진인이 제갈기의 말을 자르며 결론을 독촉했다.

"근시일 내에 황보세가는 십일련의 총본으로 다시 태어납 니다. 물론 그때는 혈교도 타 문파 사람들도 이곳엔 없을 겁니 다."

"……!"

제갈기가 타 문파라고 표현했으나 그 안에는 구대문파도 포 함되는 것을 을목 진인이 못 알아들을 리가 없었다.

"대답이 됐는지 궁금하군요."

"가주, 구대문파의 호의를 거절하는 거요?"

"그럴 리가 있습니까? 단지 십일련의 총본이 된 이상 스스 로 해야 할 것이란 뜻입니다."

황보성은 더 이상 대답할 것이 없는 듯 쐐기를 박았다.

이후로 대화는 이어지지 않았고, 을목 진인 등 네 사람은 식 사하자는 말에 얼굴을 붉히며 돌아갔다.

그들이 올 때는 정문 앞까지 마중 나갔던 황보성이었으나 배웅할 때는 대전 앞에서 포권을 취한 것이 전부였다.

황보세가의 가주이자 십일련의 초대 련주이기에 할 수 있는 모습이었다.

"잘했네, 가주."

밖에서 기다리고 있던 돈오가 다가와 황보성을 격려했다. 을목 진인 등이 안에서 무슨 말을 했는지 이미 전해 들은 뒤였다.

"잘한 건지 모르겠습니다, 어르신."

"저 늙은이가 아는 걸 젊은 네가 왜 몰라? 이 할아비도 아는데."

헌원경이 돈오 대신 대답하며 황보성의 어깨에 손을 올렸다. 백 마디 말보다 더 큰 힘이 그 손을 통해 황보성에게 전해지는 것 같았다.

"내 단언컨대, 역대 가주 중 너보다 처신을 잘한 사람은 없을 게다. 잘했다, 성아."

"……."

황보성은 얼떨떨한 표정으로 헌원경을 바라봤다. 단지 제갈기와 함께 결정한 것을 말한 것뿐인데 모두들 기뻐하는 것이다.

사람들의 뜻을 모아 대표한다는 의미가 어떤 건지 새삼 느끼게 된 황보성이었다.

＊　　　＊　　　＊

"잘된 것 같아요."

창문을 통해 밖을 내다보고 있던 황보소소의 얼굴에 환한 미소가 그려졌다. 머리칼을 귀 뒤로 쓸어 넘기자 옆쪽에 인영이 모습을 드러냈다.

"그러셨다니 다행입니다."

늙수그레한 음성이 황보소소의 옆에서 흘러나왔다.

천마구로 중 팔로였다.

"어르신의 도움이 컸어요."

"다, 당치 않습니다. 게다가 어르신이라니요. 그냥 팔로라고 불러주십시오."

팔로는 황보소소의 '어르신' 이란 말에 재빨리 한쪽 무릎을 꿇었다. 그에게 있어 천마와 천마의 여인은 신과 같은 존재였다.

"그분께서 그렇게 불러도 된다고 하시기 전에는 안 돼요."

그분은 당연히 용악이었다.

천마구로는 헌원경과 비교해도 그리 나이 차이가 많지 않아 보였다. 그런 노인들에게 말을 놓으라는 것은 황보소소에겐 애초에 무리인 것이다.

하지만 팔로도 입장이 난처하기에 이럴 수도 저럴 수도 없는 상황이 되고 말았다.

"어르신, 그럼 그분께서 오실 때까지 각자 편하게 대하는 건 어떠세요? 어르신은 음… 그렇게 부르시고, 저도 그냥 어르신이라고 부르고요."

"……."

"그만 일어나세요. 불편해요."

황보소소가 불편하다는데 끝까지 고집을 피울 수도 없는 일. 팔로는 엉거주춤 일어났다.

"주모께서 편하신 대로 하십시오."

"고마워요."

황보소소는 그제야 웃음을 되찾았다.

"그럼 쉬십시오, 주모."

"네, 어르신."

'끝내 한마디도 묻지 않으시는구나.'

황보소소는 용악에 대해 한마디도 묻지 않았다.

사림이종을 통해 용악과 황보소소의 관계를 잘 알고 있는 팔로로서는 감탄을 금할 수가 없었다.

"주군께서 오시는 길이랍니다."

"…예?"

팔로는 방을 나서기 직전 한마디 건넸다.

"누, 누가 오신다고요?"

황보소소는 멍한 표정이 돼서 방을 나서는 팔로에게 물었다.

"주군께서 들르실 곳이 있다고 하셨답니다. 용호산이 아니라면… 이곳 외엔 없겠지요."

"……!"

황보소소의 얼굴에 환한 미소가 가득 담겼다.

용악이 오고 있다. 그 말 한마디에 황보소소는 기뻐서 어쩔 줄 모르는 마음이 된 것이다.

*　　　*　　　*

황보세가가 한눈에 보이는 야공(夜空).

한 인영이 홀로 아래를 내려다보며 눈을 빛냈다.

그의 등에는 커다란 물체가 둥둥 떠 있었다.

"저곳이구나. 천마의 여자니 호위를 단단히 해야겠지. 본 도왕에겐 무의미한 거지만."

도왕의 입가에 웃음이 번진다 싶은 순간 신형은 허공에서 사라지고 없었다.

第五章
길을 묻다

천산마제

용악은 벌써 몇 시진째 무시무시한 속도로 신법을 펼치고 있었다. 이 속도라면 내일 동이 트기 전엔 태산에 도달할 수 있을 것 같았다.

왜 이렇게 서둘러 태산에 가려는 건지 스스로 물어봐도 떠오르는 대답은 없었다. 홍석협을 지날 때 떠올린 황보소소에 대한 상념 때문일 수는 있었다. 하나 그것만은 아니었다.

'공허하다.'

실타래를 얽고 얽어 밧줄을 만들었다가 그것이 모두 풀어헤쳐진 것만 같았다.

소모품의 등장부터 십인회, 그리고 천불노인.

지난 일 년여를 용악으로 하여금 움직이게 만든 원인 제공

자들이었다. 그것이 불과 몇 시진 전에 송두리째 사라지고 말았다.

가짜 삼천좌의 죽음.

육천좌 중 한 명이 남긴 흔적.

용악이 돌아가야 할 곳에서 무슨 일이 벌어지고 있는지 아무런 것도 모르고 있었다.

'내가 지금 천산에 남아 있는 자들을 걱정하고 있는 건가?'

그럴 리가 없었다. 천산으로 들어갈 때나 떠나온 지금이나 그들에 대한 생각은 해본 적이 거의 없다. 생존에 있어서는 그 어떤 부류의 인간보다 지독한 자들이기에.

용악의 생각이 좀 더 이어지려 할 때였다.

[들리세요?]

아래쪽 어딘가에서 묘령의 소녀 목소리가 들렸다.

용악은 처음에 잘못 들은 소리인 줄 알았다.

몇 백 장은 족히 떨어진 거리에서 싸우는 소리가 들려오긴 했지만 홍석협에서 이곳까지 오는 동안 수도 없이 들은 소리이기에 무시하고 지나치려 했다.

[제 목소리가 들리세요?]

다시 들려온 소녀의 목소리에 용악은 신형을 멈추고 거목 위에 신형을 세웠다.

목소리로 봐서, 아니, 용악을 볼 수 있는 소녀라는 것을 고려해 이십 장 근방을 샅샅이 살폈다. 소녀라 생각되는 인영은 보이지 않았다.

용악은 다시 안력을 돋워 좀 더 멀리 내다봤다.

삼십 장, 사십 장, 오십 장.

'저 거리에서 내게 말을 걸었다고?'

오십 장 가까운 거리를 살필 때 조그만 인영이 손을 흔들고 있는 모습이 보였다. 말이 안 되는 상황이 벌어진 것이다.

저렇게 작은 소녀가 무슨 수로 용악이 있는 곳까지, 그것도 지나가는 용악을 발견하고 불렀단 말인가?

용악은 인상을 찌푸린 채 납득할 수 없는 상황을 이해해 보려 노려했다.

그때, 조그만 인영이 외치는 소리가 다시 들렸다.

[저 여기 있어요!]

목소리에 간절함이 담겨 있었다.

소녀의 모습은 똑바로 볼 수 없었으나 나이만으로 판단하기엔 십 세 전후인 것 같았다. 겨우 십 세 전후의 소녀가 오십 장 거리를 두고 용악에게 말을 걸어왔다? 용악은 이해할 수 없는 상황에 호기심이 일었다.

용악은 가볍게 나뭇가지를 차서 신형을 띄운 후 곧장 소녀를 향해 날아갔다.

보이지 않을 때도 눈부시게 빠르던 용악의 신형이 순식간에 소녀와의 거리를 압축해 들어갔다.

우뚝.

소녀는 용악의 예상대로 열 살 전후로 보였다.

눈을 감고 있었고, 양팔은 하늘을 향해 쭉 뻗고 있었다.

특이한 것은 소녀의 입이었다.

[여기예요.]

용악의 시선은 소녀의 입에서 떨어지지 않았다.

소녀는 작은 입을 연 적이 없었다.

입을 벌리지 않고 용악에게 말을 건넨 것이다.

용악은 소녀가 눈을 뜨길 기다렸으나 소녀는 용악이 와 있는 것도 모르고 계속해서 '여기예요. 여기로 와주세요!' 라고 외쳐 댔다, 물론 입은 벌리지 않은 채.

"네가 나를 불렀니?"

소녀는 갑작스런 용악의 질문에 눈을 떴다가 커다란 눈을 두어 번 깜빡였다. 그리고는 서서히 새하얗고 가지런한 치아를 드러내며 웃었다.

[예.]

역시나 이번에도 소녀는 입을 벌리지 않았다.

생글생글 웃기만 하던 소녀가 갑자기 생각난 듯 다소곳이 양손을 배에 대고 허리를 굽혔다.

[완이연, 인사드려요.]

"완이연?"

용악이 되묻자 소녀는 대답 대신 고개를 끄덕이며 말을 이었다. 여전히 소녀의 입은 다물어진 채였다.

[제가 세 살 때 스스로 지은 이름이에요.]

"스스로? 그 얘긴 조금 뒤에 듣기로 하고, 궁금한 게 있는데 대답해 주겠니? 지금 내가 듣고 있는 목소리가 네 것이 맞니?"

용악의 질문이 끝나자마자 소녀는 큰 눈을 위아래로 흔들며
힘차게 고개를 끄덕였다.

[어때요?]

소녀의 눈엔 기대감이 어려 있었다.

"어떠냐고? 뭐가?"

[제 목소리요. 좋은가요?]

소녀의 말이 끝나기가 무섭게 무언가가 용악의 심장을 빠르
게 훑고 지나갔다. 익숙하다고 말할 순 없지만 낯선 느낌은 아
니었다.

'이 느낌은……'

신녀에게 한 번, 려군에게 한 번, 그리고 눈앞의 신기한 소녀
에게 세 번째로 느끼고 있었다.

[듣기 싫어요? 그럼… 말하지 말까요?]

소녀는 금방이라도 눈물을 흘릴 것 같은 표정을 짓더니 이
내 고개를 숙였다.

"아니, 아니. 네 목소린 좋아."

[저는 하늘, 특히 별을 보는 걸 좋아해요. 그래서 눈을 떴는
데 별 대신 예쁜 선녀 언니가 저를 보고 계신 게 아니겠어요?
선녀 언니는 제게 많은 얘기를 해주셨어요. 저는 선택된 아이
라 선녀 언니가 주는 이름이 아니면 안 된다고요. 그날부터 제
이름은 완이연이 됐어요.]

"선녀 언니가 어떻게 생겼는지 기억하니?"

[그럼요. 예뻤어요. 하얀 옷도 입고. 선녀 언니가 그랬어요.

보고 싶으면 하늘을 보고 소리치라고요. 그럼 제 주인이 되실 분이 나타나신다고요. 제 주인이시죠?]

"……."

용악은 일순 할 말을 잃었다.

용악에게 주인이란 호칭을 사용한 사람이 문득 떠오른 까닭이다.

'이 소녀가 다음 대 신녀?'

[신녀가 아니라 선녀요.]

"…지금 내 생각을 읽은 거니?"

[읽은 게 아니라… 들린 건데…….]

소녀가 커다란 눈동자를 좌우로 굴리며 마른침을 삼켰다. 겁을 먹은 모습을 보자 용악은 고개를 흔들며 소녀에게 다가갔다.

"이연아, 네 능력은 참 특별하구나."

용악이 혼을 내지 않고 오히려 칭찬을 해주자 완이연은 볼을 빨갛게 물들이며 부끄러워했다.

"집이 어디니?"

[집이… 요?]

완이연이 눈을 동그랗게 뜨며 용악을 쳐다봤다.

"그래, 네가 사는 집."

[저를 데려가실 것 아닌가요?]

"음… 그건 나중에 말해주마."

다음 대 신녀를 정하는 문제는 이미 신녀가 려군에게 일임

한 상태였다. 아무리 용악이라고 해도 그것만큼은 결정하고 싶지 않았다.

려군을 데려오는 동안 완이연의 생각이 바뀐다면 그 또한 존중할 생각인 것이다.

[언… 제요? 지금 주인님을 따라가면 안 되나요?]

완이연은 울음을 간신히 참는 목소리로 물었다.

"왜, 집에 무슨 일이라도 있니?"

완이연은 고개를 가로저었다.

집에 일이 없다는 것인지 말하기 싫다는 것인지 알 수 없는 행동이었다.

"최대한 빨리 오마."

[…예.]

애써 웃는 소녀의 표정이 무척이나 슬퍼 보였다.

열 살밖에 안 된 소녀의 얼굴에 저런 그림자가 드리워진다는 것은 그냥 지나칠 수 없는 일이었다.

"무슨 일인지 말해주면 좀 다를 수도 있는데. 말해주겠니?"

[도와주고 싶은 사람들이 있어요.]

소녀는 조금도 주저하지 않고 대답했다. 표정도 밝아져 있었다. 용악의 생각을 먼저 읽었던 모양이다.

"그런 건 좋지 않아."

[…예. 앞으론 안 그럴게요.]

"누굴 도와주고 싶으냐?"

[할아버지요. 저를 거둬주셨거든요.]

"할아버지? 가족이 아니라 할아버지만?"

[제가 원래는 고아거든요. 할아버지께서 거둬주시지 않았으면 그마저도…….]

"다치셨니?"

[돌아가실 것 같아요. 그럼 아진과 아군이 너무 불쌍해요. 할아버지의 손자들이거든요.]

용악은 잠시 완이연을 쳐다봤다.

키워주신 할아버지를 구해달라는 것이 아니라, 아진과 아군이란 아이들을 구해달라는 말이 이상했기 때문이다.

"가보면 알겠지."

용악은 완이연에게 다른 질문은 하지 않고 집이 어느 쪽인지만 물었다. 그리고는 곧바로 완이연을 안은 채 그곳으로 신형을 날렸다.

하남성은 구대문파 중 소림사가 자리하고 있어서 사파의 무리는 찾아보기 힘든 지역이었다. 적어도 천마가 혈교를 다시 세웠다는 소문이 천하 각지로 퍼지기 전까지는 그랬다.

완이연의 집은 무려 십여 리나 떨어져 있었다. 마을은 상당히 번화해서 으리으리한 집도 꽤 여러 채 보였다.

ㅡ저 집이에요.

완이연이 가리킨 집은 으리으리한 집 중 하나였다.

용악은 고개를 끄덕이며 완이연과 함께 거리를 가로질렀다.

그때, 거리 반대편에서 무기를 등에 멘 일단의 무리가 걸어오고 있었다.

'소모품들.'

완이연이 얼마 전에 봤다면 저들은 청죽림에 있던 자들과 다른 무리일 것이다.

"서두르자."

어떤 자들의 소행인지 굳이 완이연에게 물을 것도 없었다. 소모품들이 거리에 나타나자마자 사람들의 시선에 두려움이 가득했기 때문이다.

용악은 훌쩍 신형을 날려 완이연이 말한 집 담 위에 내려섰다.

"늦었구나."

하인들로 보이는 수십 명이 마당에 고개를 숙인 채 강제로 앉혀져 있었고, 전각 안에서는 간헐적으로 쇳소리가 들려왔다.

[저 아이들이에요.]

완이연이 가리킨 곳에는 기둥 뒤에 숨어 방 안을 살피는 두 꼬마가 있었다.

"정말 저 두 꼬마만 구하면 되겠니?"

[예.]

완이연의 대답에 용악은 기이한 눈으로 완이연을 쳐다봤다. 이해할 수 없는 대답인 까닭이다.

"전부 구해줄 수도 있다."

[아니요. 그럼 안 돼요.]

"안 돼?"

[예, 안 돼요.]

"뭐가 안 된다는 거지?"

[저 아이들만 구해주셔야 해요.]

완이연은 용악의 굳어진 얼굴을 보고도 전혀 겁먹지 않았다.

"신기한 녀석이구나."

용악은 완이연이 고집을 부리는 데도 화가 나지 않는 자신이 이상했다.

'신녀와 려군이 이 녀석 나이였으면……'

완이연은 신녀와 려군을 떠올리게 하는 신비한 구석이 있었다. 그 때문에 이곳까지 오게 됐지만.

곤을 전해주고 사라진 신녀와 손을 통해 용악에 대한 것을 알아내던 려군. 이 두 여인을 만나지 않았다면 용악은 완이연을 이해하지 못했을 것이다.

"알았다. 그렇게 하자. 저 두 아이를 데려오마."

[지금이요?]

"그래, 지금."

[어디로… 아!]

완이연은 데려올 곳을 찾아보려다 입을 쩍 벌린 채 다물 줄을 몰랐다.

기둥 뒤에 숨어 있던 아진과 아군이 허공으로 떠오르며 줄이라도 달린 것처럼 용악에게로 빨려왔기 때문이다.

"사, 살려주… 여, 연이?"

"연이를 놔줘!"

아진은 완이연을 보고 놀랐고 아군은 용악을 향해 달려들었다.

"연이가 너희 둘을 구해달라고 하더구나. 할아버지는 어떻게 됐느냐?"

용악이 아군의 머리를 한 손으로 움켜쥐며 물었다.

"하, 할아… 버지… 우리 보고 숨으라고 하시고는… 흐흑."

"말하지 마, 아진!"

아진은 눈물을 흘렸고, 아군은 눈물 대신 살기를 드러냈다.

'눈물을 흘리되 눈빛은 냉정한 녀석에, 자신의 힘으로 어찌해 볼 상대가 아님을 알고도 겁먹지 않는 녀석이라…….'

[주인님, 감사합니다.]

완이연은 두 아이의 손을 꼭 잡아주며 웃었다.

이렇게 될 줄 알았던 모양이다.

용악은 신녀나 려군과는 또 다른 능력을 가진 완이연을 보다가 이내 시선을 전각 쪽으로 돌렸다.

'응?'

용악의 눈에 낯익은 얼굴 하나가 들어왔다.

소모품 여러 명을 거느리고 마당으로 나오는 중이었다.

'북단야라고 했지, 아마?'

용악은 세 꼬마를 담 뒤에 내려주고는 다시 올라가려 했다.

[어딜 가세요, 주인님?]

완이연이 큰 눈을 동그랗게 뜨며 용악의 소매를 잡았다.

"아는 얼굴이 있어서 만나보려고 한다."

완이연이 고개를 가로저었다.

용악은 그 의미를 알 수 없어 완이연을 쳐다봤다.

[주인님, 이곳의 일은 이미 정해진 일이에요. 이 아이들이 해결해야 할 일이죠. 주인님이 하실 일은 없으세요.]

용악은 완이연의 말을 자르지 않았다. 완이연의 말투가 갑자기 어른스럽게 변한 것도 있지만 묘한 기운이 완이연의 눈을 통해 전해진 탓이다.

완이연은 마치 지금 일어나고 있는 모든 일을 알고 있는 눈을 하고 있었다.

"뭐가 정해졌다는 거지?"

[그 사람은 아진과 아군이 극복해야 할 벽이에요. 주인님께서 지금 구해주시면 저 두 아이는 영원히 벽을 넘지 못할 거예요. 극복했으면 해요. 그래서 나중에 주인님 곁에 섰으면 좋겠어요.]

"······!"

용악은 여전히 어른 말투로 말하는 완이연을 놀란 눈으로 쳐다봤다. 마치 용악이 은자 한 닢 덕분에 첫 벽을 넘어설 수 있었다는 것을 아는 것 같았다.

용악에게 있어 첫 벽이 무공이었다면, 아진과 아군에겐 북단야인 것이다.

용악이 완이연을 바라보며 아무런 말도 하지 않자 아진과 아군은 완이연의 양쪽에 서서 용악을 노려봤다.

"알았다. 아진과 아군이라고 했느냐? 너희들은 어떻게 벽을 넘어설 거지?"

"벽이요?"

아진과 아군이 동시에 반문했다.

"복수 말이다. 네 할아버지 복수."

"곧 숙부님이 오십니다. 숙부님만 오신다면 저들을 몰아내는 것은 아무것도 아닙니다."

아군이 확신에 찬 어조로 대답했다.

용악은 그것이 얼마나 말이 되질 않는지 잘 알고 있었다. 수많은 사람들이 소모품들에게 당했다. 조금 더 있으면 청죽림에서 도망친 좌위들도 북단야와 같은 부류가 될 것이다.

"숙부는 무인이냐?"

"그럼요! 영릉 최고의 고수세요."

"영릉?"

[이 지역 이름이 영릉이에요, 주인님.]

"아! 영릉."

용악은 아진과 아군을 내려다본 후 잠시 숨을 내쉬었다.

"너희 둘, 이름이 뭐지?"

"초하군."

"초하진."

"초하군, 초하진. 기억하마. 내 이름은 용악이다. 다시 만날 때는 지금보다 훨씬 강해져야 한다. 그래야 연아를 볼 수 있으니까."

"여, 연아가 어딜 가나요?"

아군과 아진이 동시에 완이연의 한쪽 팔을 잡고서 용악에게 적의를 드러냈다.

"나와 함께 가야 한다."

"안 돼요!"

"십 년 뒤에도 지금처럼 말만 앞서면… 연아는 볼 수 없다. 내 말 명심해라."

용악은 성난 강아지처럼 이를 드러내는 아진과 아군의 머리를 쓰다듬어 주었다. 두 아이는 거부하고 싶어했으나 몸이 말을 듣지 않았다.

"연아, 가자."

용악이 손짓을 하자 아진과 아군의 팔이 저절로 풀어지며 완이연의 몸이 허공으로 붕 떠올랐다. 완이연은 조금도 긴장하지 않고 환하게 웃었다.

"연아, 가지 마!"

아군이 용악을 가로막으며 인상을 썼다.

아진도 슬그머니 아군의 곁으로 다가와 팔을 양쪽으로 벌렸다.

완이연은 그런 둘에게 천천히 고개를 가로저었다. 그리고는 손바닥에 무언가를 적었다.

불가(不可).

"정말 가야 돼?"

"그냥 우리와 함께 있으면 안 돼?"

아군과 아진이 울먹이며 물었다.

완이연은 다시 손바닥에 글씨를 썼다.

십년지약(十年之約).

용악이 말한 십 년 후의 약속을 뜻하는 글자였다.

두 아이는 이내 고개를 숙이며 어깨를 들썩였다.

"용악… 용악……."

아진과 아군은 용악의 이름을 까먹지 않으려 몇 번이고 되뇌었다. 그리고 나서야 눈물이 그렁한 눈으로 완이연에게 자신들의 가슴을 두드렸다.

"십 년 후, 반드시!"

"그때까지 연아를 잘 부탁드립니다."

아군과 아진은 자신들만의 성향대로 각오를 다졌다.

"수라혈군, 십 년 후에 아이들을 내게 데려와라."

용악은 허공에 대고 조용히 말한 후 몸을 돌렸다.

'너희들이 십 년 후에 내가 바란 대로 잘 자라준다면 십대마인 중 두 자리를 차지하게 될지도 모르지. 후후후.'

용악의 입가에 웃음이 걸렸다. 그리고는 그의 목에 매달린 완이연을 쳐다봤다.

[주인님께서 바라시는 대로 될 거예요. 저 아이들은요.]

완이연이 용악의 생각을 읽었는지 묻지도 않은 대답을 했다.

"글쎄다."

용악은 애써 담담한 표정을 유지하며 곧장 허공으로 몸을 솟구쳤다.

아래쪽에서 용악을 보던 아진과 아군은 입을 쩍 벌린 채 용악이 사라질 때까지 눈을 떼지 못했다.

"시, 신선⋯⋯."

"마, 말로만 듣던⋯ 강호고수⋯ 셨구나⋯⋯."

두 아이는 담을 등지고 있던 터라 누군가가 접근하는 것을 눈치채지 못했다.

다가온 자는 소모품 중 한 명으로 북단야의 명령에 따라 담 주위를 살피던 중이었다.

막 소모품이 두 아이를 향해 살수를 펼치려 할 때였다. 누군가 그의 입을 막으며 그늘로 녹아들어 갔다.

"앞으로 십 년 동안은 그 누구도 저 두 아이를 건들지 못한다. 주군의 명령을 받은 이상 나 수라혈군은 반드시 이행한다."

소모품을 데리고 어둠 속으로 녹아드는 인영은 바로 수라혈군이었다.

"응?"

용악이 사라진 방향에서 눈을 떼지 못하던 이군이 재빨리 돌아서며 담벼락을 돌아봤다.

"왜 그래, 아군?"

"아니… 아군, 무슨 소리 못 들었어?"

"소리?"

"잘못 들었나?"

아군은 수라혈군이 녹아들어 간 자리를 바라보며 인상을 쓰다가 이내 머리를 흔들었다.

"십 년 뒤엔 꼭……."

아진이 주먹까지 움켜쥐며 다짐했다.

"꼭!"

아군도 지지 않고 주먹을 쥐었다.

第六章
용악을 기다리는 사람들

천산마제

거칠게 몰아치는 바람이 오랜 세월 태산과 함께 자리를 지키고 있는 바위를 때렸다. 흩어진 바람 조각이 바위를 타고 돌아 안쪽의 움푹 파인 곳으로 들어왔다.

"흐읍!"

황보소소는 눈을 뜨자마자 퍼런 하늘이 눈 한가득 들어오자 급히 숨을 내뱉으며 일어나려 했다.

"허허, 가만히 있게."

'누구… 가만, 이 목소리는 들은 기억이…….'

황보소소는 기억을 더듬었고, 목소리의 주인을 떠올리는 데 얼마 걸리지 않았다.

"도왕!"

"영리하구나."

도왕은 목소리만으로 자신을 기억해 내는 황보소소를 보며 이채를 발했다.

"어, 어째서……. 여긴 어디죠?"

"태산 정상이니라."

"태산 정상?"

"자고로 무인은 새벽잠이 없어야 한다. 그래야 남들보다 조금 더 수련을 할 수 있느니. 본 도왕이 제자들에게 항상 하는 말이지."

도왕은 황보소소가 마치 자신의 제자인 양 아래로 내려다보고 있었다.

"왜 저를 납치하신 거죠?"

"납치라는 표현은 좀 그렇구나. 너를 이곳으로 데려온 이유는, 무척 간단하면서도 복잡한… 딱히 표현할 말이 떠오르질 않는구나. 미묘? 그래, 미묘하다는 말이 어울리겠구나."

'천마구로 어르신들은 어디 계신 거지?'

황보소소는 입으로는 자신을 납치한 이유를 묻고 있었으나, 머릿속으로는 시간을 벌어야 한다는 생각뿐이었다.

"미묘? 어떤 점이 그렇다는 거죠?"

"너를 데리고 곧장 천산으로 갔어야 하는데, 의외로 너를 보호하고 있던 자들의 반응이 빠르더구나. 이곳을 찾으면 모두 죽여 버릴 생각이니 못 찾길 빌어야 할 게야. 허허허."

천마구로를 죽이겠다는 말을 아무렇지도 않게 하는 도왕을 보며 황보소소는 자신도 모르게 진저리를 쳤다.

"찾은 모양이구나."

도왕이 입맛을 다시며 바위 위쪽을 올려다봤다.

황보소소를 이곳으로 데려오기 전에 느꼈던 기운들이 접근해 오고 있었다.

"시험이나 해볼까?"

도왕의 말이 끝나기가 무섭게 등 뒤에 있던 묵도가 허공으로 솟구치며 검은빛을 사방에 뿌려댔다.

쿠콰콰!

황보소소는 엄청난 굉음에 놀라 일어나려 했으나 몸을 꼼짝할 수 없어 허공으로 떠오르는 도왕만 멍하니 봐야 했다.

"대단하구나. 묵월을 막아내다니. 너희들은 누구지?"

"천마구로."

'어르신들!'

황보소소는 자신도 모르게 가슴이 뭉클해졌다.

"커다란 묵도. 도왕이시오?"

일로의 꾹 눌린 목소리가 들려왔다.

"본 도왕을 아느냐?"

"그런 도를 나뭇가지처럼 휘두르며 강기까지 쏘아내는 자는 현 강호에 오직 한 명, 도왕뿐이지."

"오! 그딴 식의 말투, 기억나. 천마! 너희들은 천마의 개들이로구나! 천마의 계집을 지키는. 그렇지 않느냐?"

도왕은 일부러 천마구로에게 수치심을 주려고 조롱하듯이

비웃었다.

"주모를 데려가는 건 쉽지 않을 것이다."

일로는 도왕의 비웃음에 조금도 흥분하지 않고 대꾸했다.

"허허. 본 도왕을 막기라도 하겠다는 게냐, 천마의 개들?"

"도왕, 지금 당신이 무슨 짓을 저질렀는지 알고나 있소?"

"짓? 그 더러운 입으로 감히 본 도왕을 판단해?"

도왕의 눈동자에 살기가 떠오르며 천마구로를 향해 다가왔다. 단지 기세만 바꿨을 뿐인데 천마구로는 조금 전과는 비교도 할 수 없는 압박감에 잔뜩 긴장한 표정이 되고 말았다.

우웅!

묵도가 수평으로 뉘인 채 허공으로 떠올랐다.

천마구로, 정확히는 천마팔로도 곧 진기를 끌어올려 대항했다.

그사이, 흩어져 있던 천마구로 중 한 명이 바위 뒤에 모습을 나타냈다.

"윽!"

바위 뒤에 누워 있던 황보소소는 연신 배를 울럭거리며 피를 토해냈다.

고수들의 기운이 부딪치며 만들어낸 공간의 이지러짐이 그녀에게까지 영향을 미친 까닭이다.

"괜찮으십니까, 주모?"

팔로가 황보소소를 막아서며 기운을 해소시켜 주었다.

"네, 괜찮아요."

"내상 때문에 어지러우실 겁니다. 운기부터 하십… 이런."

팔로는 황보소소가 꼼짝을 하지 못하자 그제야 점혈당한 것을 깨닫고 지풍을 날려 풀어주었다.

"하아……."

"죽을죄를 지었습니다. 벌은 싸움이 끝난 뒤에 받겠습니다."

"이 일이 어째서 어르신들의 잘못이에요? 도왕은 막는다고 막아지는 고수가 아니에요. 어르신들은 아무 잘못 없어요."

황보소소는 일부러 이어질 팔로의 말을 단호하게 잘랐다. 팔로는 결국 아무 말도 못하고 싸움을 지켜봐야 했다.

'싸움은 시작도 안 했는데 기세만으로 우리를 압도하려 한다. 역시 도왕.'

팔로가 황보소소를 보호하고 있는 사이, 천마팔로와 도왕의 대치 상태는 서서히 힘의 균형을 잃기 시작했다.

도왕은 처음과 마찬가지로 제자리에 서 있었으나 천마팔로의 발아래엔 묵직한 발자국이 찍혀 있었다. 도왕이 여덟 명을 내리누르는 것이다.

"아직 싸움은 시작하지 않았나요?"

"벌써 시작됐습니다."

"예? 아무 소리도 나지 않았는데요?"

"도왕의 기세를 막아내는 것만으로도 벅찬 것입니다."

"……."

황보소소는 팔로의 설명을 이해할 순 없었으나 일전에 도왕이 보여준 무위를 떠올리자 이해할 수 있을 것도 같았다.

"저건… 저 무공, 기억나요. 막으면 안 돼요."

"천마구로를 믿으십시오. 우리도……."

"저건 막지 말고 밀어내야 해요. 두 아이가 그렇게 해서 겨우 막아냈어요."

"두 아이라니요?"

"용 소협이 주신 강시요."

"혈강시를 말씀하시는 겁니까?"

"팔로 어르신, 궤도를 바꾸라고 알려주세요. 이렇게요."

황보소소는 다급히 소매를 걷고는 주먹 쥔 손 위로 손바닥이 지나가도록 했다.

"도왕의 강기를 들어 올리라는……."

"예."

팔로는 당차게 대답하는 황보소소를 바라보다 이내 입을 일자로 다물며 고개를 끄덕였다.

"알겠습니다."

"어서요!"

"아직……."

팔로는 황보소소를 막아서며 곧 벌어질 싸움에 집중했다.

도왕이 펼치려는 도법이 무엇인지 팔로는 한눈에 알아봤다. 묵월천앙도법 중 삼초식 천앙일 것이다.

기선을 제압하지 않으면 아무리 도왕이라도 천마팔로를 일시에 몰아붙이는 건 어려웠다.

팟.

팔로의 신형이 순식간에 사라졌다.

힐끔.

도왕의 눈동자가 옆으로 돌아갔고, 팔로는 그 시선이 자신을 따라오는 것을 느끼며 일로에게 다가갔다.

"팔로, 주모를……."

"주모께서 들어 올리라고 하셨소."

"무엇을……."

일로의 목소리는 더 이상 이어지지 않았다.

팔로가 음파를 차단했기 때문이다.

팔로를 제외한 천마팔로의 안색이 굳어졌다.

"한 명이 합세한다고 해서 본 도왕의 공격을 막을 수 있을 것 같으냐!"

도왕은 차라리 잘됐다고 여겼는지 진기를 더욱 끌어모아 묵도를 휘둘렀다. 물론 허공을 향해 손짓을 한 것이 전부였지만, 그것만으로도 허공에 떠올라 있는 묵도 주위로 엄청난 경기가 휘몰아치기 시작했다.

고오오—

사위가 침묵으로 묵도의 울음에 대항했고, 천마팔로는 일제히 눈으로 신호를 주고받았다.

* * *

"저기다."

용악은 종종걸음으로 따라오는 완이연을 돌아보며 태산을
가리켰다.

태산이 보이는 곳에서부터 걸어가겠다며 고집을 부린 완이
연은 용악이 가리키는 곳을 보고 있지 않았다. 그 위쪽, 태산의
정상에 시선을 고정시키고 있었다.

"왜 아무 말도 없니?"

[주인님, 저곳에 누가 있나요?]

"있지."

용악은 황보소소를 떠올리며 피식 웃었다.

완이연에게 황보소소에 대해 말하려니 쑥스러워진 탓이다.

[그럼 서두르세요.]

"……?"

[다들 주인님을 기다리고 계세요.]

"나를?"

[제겐 들려요. 주인님이 오시길 바라고 있어요.]

혼이 나간 듯 커다란 눈동자를 끔뻑이는 완이연의 말투가
또다시 달라졌다.

'천마구로와 헌원 노사가 있는 곳에 누가?'

[서둘러야 할 것 같아요.]

완이연의 표정이 딱딱하게 굳었다.

무슨 소리를 들은 모양이다.

용악은 황보세가가 위치한 곳을 눈으로 가늠한 후 완이연을

한 손으로 안고서 곧바로 허공을 향해 솟구쳤다.

황보성은 벌게진 얼굴로 대전 앞에 서서 쉼없이 주위를 살폈고, 연무장까지 내려온 헌원경은 심각한 표정으로 정문을 노려본 채 입을 다물고 있었다.

황보소소가 사라졌다는 보고를 받은 것은 반 시진 전이었다.

"돈오 늙은이, 자네도 못 봤나?"

"헌원 늙은이도 못 알아챈 놈의 기척을 내가 어찌 알겠나."

돈오는 특유의 무표정한 얼굴을 좌우로 흔들었다.

꾸ㅡ웅!

헌원경의 발아래서 묵직한 굉음이 황보세가 전체로 퍼져 나갔다.

"무슨 일입니까, 헌원 노사?"

"음?"

헌원경은 깜짝 놀라 자신의 위를 올려다봤다.

천천히 허공을 걸어 내려오는 청년.

"자네……."

헌원경은 용악을 발견하고 깜짝 놀랐다.

"가주, 오랜만에 뵙네요. 무슨 일이라도 있습니까?"

용악은 헌원경이 놀란 눈으로 아무런 대답도 안 해주자 황보성에게로 시선을 돌렸다.

"용 교주… 소소가 사라졌습니다."

"사라져요? 그게 무슨 말이지요?"

용악은 살짝 미간을 찌푸리고는 또다시 주위를 돌아봤다. 당연히 나와야 할 천마구로와 사림이종이 보이지 않는 까닭이다.

"주인님, 사림이종이 주인님을 뵙습니다!"

목노와 뚱노가 사람들 사이를 빠져나오며 용악 앞에 한쪽 무릎을 꿇었다.

"황보 소저가 사라졌다는 것이 무슨 소리냐?"

"분명 잠자리에 드신 것까지 확인을 했는데… 새벽에 창문이 열려져 있었답니다. 가장 먼저 발견한 구 장로가 다른 장로들을 소집해서 황보 소저를 찾고 있습니다."

보고가 끝났음에도 용악의 시선은 목노에게서 떨어지지 않았다. 목노는 전신을 덜덜 떨며 고개만 조아렸다.

"장로들을 어디 있지?"

"…그, 그것이……."

"모르는군."

용악의 말이 끝나기가 무섭게 이번엔 목노뿐만 아니라 연무장 근처에 있던 사람들이 몸을 떨었다.

"걱정 마라. 아무리 대단한 고수라도 태산을 벗어날 순 없다."

헌원경이 용악을 위로하려 한마디 건넸다.

"찾아라."

"존명!"

사림이종은 이마를 바닥에 찧고 그대로 몸을 날리려 했다.

"목노와 뚱노는 남아서 장로들의 연락을 기다려."

"예? 조금 전에······."

"됐으니, 기다려."

용악은 빠르게 사라지는 여섯 혈군 중 한 명을 보고는 돌아섰다.

[주인님.]

완이연이 용악의 소매를 잡아당겼다.

그때까지 용악은 자신의 팔에 완이연이 안겨 있다는 것을 인지하지 못했다.

"나중에."

[저기요.]

완이연이 황보세가 뒤편을 손으로 가리켰다.

용악은 그 손끝을 따라가다 눈에 이채를 발했다.

미약하지만 공기의 파장이 들린 까닭이다.

"저곳에 황보 소저가 있다는 뜻이냐?"

[제가 아직 어려서 주인님을 기다리는 사람이 여자인지 남자인지는 구별할 수 없지만, 분명 저곳에 있어요.]

태산 입구에서부터 하던 말이 또다시 완이연의 입에서 흘러나왔다.

"목노, 뚱노!"

용악은 사림이종을 돌아봤다.

"예, 사림이종, 주인님을 명령을 기다립니다!"

"이 아이는 완이연이다. 중요한 아이이니 잘 지켜야 한다."

"존명!"

사림이종이 고개를 숙이는 사이, 용악의 신형은 무릎도 굽히지 않은 채 허공으로 솟구쳤다.

"허! 무탄력!"

지켜보던 헌원경은 자신도 모르게 탄성을 터뜨렸다.

"대단… 저 나이에 이미 초절정의 끝자락을 잡고 있었단 말인가?"

돈오 역시 평상시와 다름없이 무표정한 표정이었으나 허탈함을 감추지 못했다.

"어르신, 도대체 무탄력이 무엇이기에 할아버지까지 놀라시는 겁니까?"

궁금함을 참지 못한 황보성이 다가와 물었다.

"이론상으로만 가능한 경지를 뜻하네, 가주. 스스로 움직이겠다는 생각만 하면 땅이 알아서 밀어주는."

"땅이… 용 교주를요?"

황보성은 자신이 서 있는 땅을 내려다봤다가 어리둥절한 표정으로 돈오를 다시 돌아봤다.

땅이 용악을 밀었다?

무공에 대한 이해가 깊지 않은 황보성으로서는 알아듣기 힘든 말이었다.

"성아, 천마는 일 푼의 힘도 사용하지 않고 저런 도약을 할 수 있게 된 모양이다. 활과 화살. 땅을 활시위로 사용해 스스로 날아갈 수 있는 경지에 도달한 게지. 허허허."

헌원경은 웃었다. 그 외에는 무어라 설명할 수가 없는 까닭은, 용악이 이미 가 있는 곳에 헌원경은 가질 못했기 때문이다.

용악은 신법을 펼치는 것이 아니라, 눈으로 태산을 당기고 있었다. 불과 얼마 지나지 않아 태산 정상은 손을 뻗으면 닿을 것 같은 거리까지 당겨왔다.

'이 기운은!'

막 태산 정상에 손을 대려는 순간, 낯설지 않은 기운이 용악의 전신에 느껴졌다.

낯설지 않은, 온몸을 욱신거리게 만들었던, 며칠 전에는 나란히 서서 대화까지 나눴다.

"도왕!"

용악은 크게 소리치며 몸을 쭉 폈다.

새라도 된 것처럼 용악의 신형이 벽과 나란히 위쪽으로 솟구쳤다.

뚝뚝.

태산 정상의 차가운 바닥으로 피가 떨어졌다.

"지독하구나."

이를 악문 일로가 도왕을 노려보며 몸을 부들부들 떨었다.

도왕의 첫 공격은 황보소소 덕분에 무사히 넘겼으나 이어진

이격, 삼격에서 천마구로 중 둘이 죽었고 한 명이 팔을 잃어야 했다.

한쪽 팔을 잃고 비틀대는 삼로는 오른쪽 늑골 아래에 구멍이 뚫려 죽은 육로와 두개골 반쪽이 사라진 칠로의 시체에서 눈을 떼지 못했다.

도왕의 천앙이 만들어낸 결과였다.

'주모를 보호하고 있는 팔로를 제외하면 여섯. 얼마나 버틸 수 있을까?'

도왕이 한 번 더 천앙을 펼친다면 남는 인원은 여섯이 아니라 넷, 아니, 그 이하가 될 확률이 높았다.

일로가 팔로를 쳐다봤다.

팔로는 힘줄을 드러내며 분노하고 있었다.

일로는 고개를 미미하게 가로저으며 팔로의 뒤쪽을 향해 턱짓을 했다. 팔로는 아무런 반응도 보이지 않았다. 평생을 동고동락한 동료들을 두고 떠날 수가 없는 까닭이다.

그 모습에 일로의 눈이 깊어졌다.

천마구로가 용악에게서 받은 명령은 황보소소를 지키는 것이다. 당연히 그 외의 것은 그들에게 무의미해야 했다.

결국 팔로는 눈을 감았다.

더 이상 동료들을 볼 수가 없기 때문이다.

"작전은 다 짰느냐? 한 놈이 여자를 데리고 도망친다? 허허, 허허허. 본 도왕이 그런 걸 허락할 리가 없잖느냐? 너희들과 저 여자는 아무도 못 만난다."

도왕은 어이없는 웃음을 터뜨리다 갑자기 팔로를 향해 손을 흔들었다.

"컥!"

팔로는 목을 움죄는 압박을 느끼며 눈을 떴으나 이미 도왕의 공격에 당한 뒤였다. 벗어나려 아무리 노력해도 실체가 없는 무형의 진기는 팔로를 놓아주지 않았다.

'이쯤 되면 너희들도… 음?'

무언가 도왕을 향해 달려들었다.

쾅!

도왕은 자신에게 달려든 두 인영을 튕겨낸 후 뒤를 돌아봤다. 당연히 사라졌어야 할 천마육로가 모두 제자리를 지키고 있었다.

도왕의 시선이 천천히 일어나고 있는 두 인영에게로 향했다.

"강… 시?"

붉은 단추 두 개가 눈 대신 박혀 있는 두 인영은 황보소소가 불러낸 혈강시 두 구였다.

"허! 허허허!"

도왕이 헛웃음을 짧게 끊어 뱉었다.

"피해."

도왕이 웃는 모습을 유심히 지켜보던 황보소소가 입술만 달싹여 혈강시 두 구에게 명령을 내렸다. 그러자 혈강시 두 구가 도왕이 보는 앞에서 순식간에 자취를 감추었다.

"주모, 잠시 실례를 무릅써야 할 것 같습니다."

황보소소 덕분에 도왕의 수법에서 풀려난 팔로가 다가오며 정중하게 고개를 숙였다. 황보소소를 안고 태산을 내려가려는 것이다.

"아니요. 어르신도 상황을 봐서 아시잖아요. 저분들께서 시간을 벌어주신다고 해도 어르신께선 저를 데리고 가는 한 잡히실 거예요."

"모시겠습니다."

팔로의 의지는 확고했다.

도왕의 공격권에서 가능한 멀리 떨어져야 한다는 것을 깨달은 것이다.

'미안하네, 모두.'

팔로는 이를 악물었다.

동료들의 죽음보다 더욱 중요한 사람이 있었다.

개인적인 감정은 나중에 혼자서 얼마든지 삭일 수 있지만 지금은 아니었다. 팔로는 황보소소를 안은 채 바위 아래로 몸을 날렸다.

"감히!"

"도왕, 네 상대는 우리다!"

콰쾅!

엄청난 폭음이 태산 정상을 가라앉힐 정도의 진동과 함께 일어났다.

"벌써!"

아래쪽으로 몸을 날리던 팔로는 모골이 송연해졌다.

오싹거림이 어깨를 떨게 만들었고, 전신의 털이란 털은 바짝 일어섰다.

채 십 장도 벗어나지 못한 상황이었다.

팔로는 돌아보지 않았다. 그 잠깐의 시간이라도 지체할 수 없었다. 최악의 경우, 몸이 잘려지기 전에 황보소소를 놓아줄 것이다.

그때였다.

"도… 왕!"

거대한, 팔로가 이제껏 들었던 그 누구의 음성보다 거대한 목소리가 태산의 진동을 가라앉혔다.

"주군!"

팔로는 목소리의 주인이 용악임을 확인하자마자 뒤를 돌아봤다.

도왕의 묵도가 용악을 향해 날아갔다. 아니, 반월형 묵빛 강기가 용악을 집어삼킬 것처럼 아가리를 쩍 벌린 채 날아갔다.

쾅!

묵직한 소리와 함께 용악이 묵빛 강기를 잡았다.

분명 팔로의 눈엔 그렇게 보였다.

용악의 손이 박힌 묵빛 강기는 사라지지 않고 형태를 유지했다.

"네 뜻대로 될 것 같은가, 도왕!"

도왕은 팔로에게 가했던 공격을 용악에게로 돌리며 강기를 실었다. 동시에 천마육로에겐 또 다른 공격을 퍼부은 것이다.

용악의 시선을 분산시키기 위한 작전은 성공했다. 하나 상대는 천마육로가 아니라 용악이었다.

용악은 잡아낸 묵빛 강기를 도왕에게 고스란히 되돌려 주었다.

콰콰콰!

도강은 공간을 가르며 도왕에게로 향했다.

천마육로를 공격해 가던 도왕이 갈등할 수밖에 없는 상황을 만든 것이다.

'그 상황에서 잘도 그런 짓을!'

도왕은 날아오는 도강을 보며 미간을 좁혔다.

그의 응변을 용악이 역이용했기 때문이다.

"쳇!"

도왕은 천마육로를 향하던 공격을 거두며 다가오는 도강을 향해 손을 휘저었다. 하나 도왕의 힘이 미치기도 전에 도강은 알아서 흩어졌다.

푸학!

"……?"

도왕의 손에 아무런 느낌도 없었다.

도강이 저절로 자폭해 버린 것이다.

'내가 한 것이 아니다. 그렇다면 조금 전에 천마가 무슨 수를 썼… 혹시!'

도왕은 순간적으로 어이없는 생각을 떠올리고 말았다, 용악이 도강을 그의 앞에서 터지도록 만들었을지 모른다는.

"감히."

쿵! 쩌저적!

용악의 일보에 땅이 갈라졌다.

쿵! 드드드드!

다시 내디딘 일보에 태산 정상이 몸을 비틀었다.

용악의 분노는 멈추지 않고 도왕을 향해 밀려갔다.

"이게 모두 자네 때문이야!"

변명을 해도 시원찮을 상황에 도왕이 갑자기 버럭 소리를 지르며 용악을 꾸짖었다.

"강호는 지금 존립 위기를 겪고 있어! 그들이, 그들이… 천산에서 내려온다고 생각해 봐! 현 강호에 그들을 막아낼 수 있는 사람이 몇이나 된다고 생각하나? 자네야! 나야! 이왕에 사마중경이야!"

도왕의 목소리는 점점 더 커졌다.

"내가 천산으로 가지 않아서 그렇다고 하는 건가?"

"삼왕만으로는 안 된다는 것을 알지 않나? 자네와 사마중경까지……."

"거기에 대한 대답은 이미 했다."

"그들의 준비가 끝나기 전에 가야 한다잖아! 이 빌어먹을 천마 놈아!"

도왕은 눈에 불을 켜며 소리쳤다.

"거기에 대해서도. 가고 싶으면 가.라.고."

용악은 한자 한자 또박또박 끊어서 대답해 주었다.

용악이 필요했다면 얼마든지 다른 방법을 강구할 수 있는 인간이 도왕이다.

천마구로 중 둘을 죽이고 한 명의 팔을 잘랐다.

무엇보다 황보소소를 납치한 것은 용서할 수 없었다.

"팔로, 황보 소저를 세가로 모시고 가라."

"존명!"

"일로, 세가에 내려가서 완이연이란 아이를 데려와라."

"예?"

"가면 목노와 뚱노가 알려줄 것이다."

"존명!"

용악의 말이 떨어지기가 무섭게 일로는 아래쪽으로 몸을 날렸고, 나머지 천마육로는 황보소소가 움직이길 바라며 기다렸다.

황보소소는 용악이 한 번은 돌아봐주길 기대했지만 그의 시선은 도왕에게 고정된 채 움직일 줄 몰랐다.

잠시라도 눈을 돌렸다가는 도왕이 무슨 짓을 할지 모르는 까닭이다. 긴장감이 감도는 용악과 도왕을 보며 황보소소는 이내 아래로 내려갔다.

천마칠로가 떠난 태산 정상엔 용악과 도왕만 남았다.

두 사람은 서로를 노려보며 조금도 움직이지 않았다.

"천마, 내 방법이 과했다는 것은……."

"전혀. 그래야 할 이유가 있었겠지."

"그리 생각하는가? 내가 그 이유를 말하겠네."

"그럴 필요 없다. 곧 알게 될 테니."

"……?"

"일로가 데려오는 아이에게 조금 전과 똑같이 말만 하면 된다."

"아이?"

도왕이 되물었으나 용악은 입술을 일자로 만들고 다시는 열리지 않았다.

잠시 후, 일로가 한 여아를 데리고 올라왔다.

"주군……."

일로가 다가오려 하자, 용악은 다시 내려가 보라는 눈짓을 하고는 완이연을 허공섭물로 끌어당겼다.

"연아, 지금부터 저 사람이 하는 말을 듣고 내게 알려다오."

완이연은 해맑은 눈으로 고개를 끄덕이고는 도왕을 돌아봤다. 그 눈에는 어서 얘길 해보라는 의미가 담겨 있었다.

'저 아이의 결정에 따르겠다고?'

도왕은 용악의 느닷없는 결정에 적이 당황하지 않을 수 없었다. 지금까지 보고 들어온 용악의 행동과 너무나 달랐기 때문이다.

"이 무슨 장난인가?"

"말했듯이, 당신이 왜 이곳에 있는지 연아에게 말을 해주면 된다. 그것뿐이다."

'아직 실패하지 않았다. 놈이 천산으로 가기만 하면……'

도왕은 손 안 대고 코 풀 수 있는 희망을 버리지 않았다. 열 살짜리 꼬마를 속이는 것이야 일도 아니었다.

"허, 알았네. 그래야 자네가 믿는다면 얼마든지 말하지. 자네가 나서지 않아서 화가 났네. 그놈을 쫓아가기만 했어도 우린 오백 년 전과 달리 쉽게 놈들을 막을 수 있었어. 나는 지금도 늦지 않았다고 생각하네. 지금이라도 자네가 천산으로 간다면 다른 사람들을 모으는 것은 일도 아니네. 자네를 움직이게 하려고 무리한 점은 인정하지. 하나 본 도왕의 행동에 사심은 없네."

도왕의 말은 끝났다.

용악은 품에 안겨 있는 완이연을 내려다봤다.

당연히 말이 있어야 할 완이연이 조용히 도왕에게 시선을 고정한 채 큰 눈만 깜빡였다.

"연아?"

용악은 완이연의 대답을 재촉했다.

[주인님, 길이 없을 때는 길을 만들어야 하지만, 길이 있을 때는 그 길을 가야 해요. 저 사람… 없는 길을 만들어 주인님을 헤매게 하고 있어요.]

"좀 더 자세히."

[저 사람이 길을 알면 제 눈에도 보여야 하는데⋯ 보이지 않아요.]

"길?"

[자기도 모르는 길로 주인님을 데려가려는 거예요. 가지 마세요.]

완이연의 말투가 또다시 어른스러워졌다.

용악은 무슨 말인지 명확히 다가오진 않았으나 완이연이 하고 싶은 말이 무엇인지는 알 수 있었다.

"알았다. 일로."

용악의 말이 떨어지기가 무섭게 일로가 곁으로 내려섰다.

"세가로 데려가서 황보 소저와 함께 보호하도록."

"존명!"

[조심하세요, 주인님!]

"⋯⋯!"

용악은 재빨리 도왕을 쳐다봤다.

겉으로는 아무런 행동도 취하지 않았으나 그의 등 뒤로 묵도가 떠오르고 있었다.

용악의 분위기를 보고서 일이 틀어졌다는 것을 깨달은 것이다.

"눈치는."

용악이 차가운 미소를 베어 물며 도왕을 쳐다봤다.

"왜 그렇게 웃는 거지?"

도왕은 최대한 아무렇지도 않은 표정으로 물었다.

"왜 웃느냐…… 후후, 그거야 당신이 더 잘 알지 않나?"

팡!

용악은 기를 일으켜 일로를 밀어낸 후 도왕을 막아서는 자세로 몸을 열었다. 멀어지는 일로와 품에 안긴 완이연을 보는 도왕의 미간이 꿈틀거렸다.

"인질이 없어지니 불안한가 보지?"

"인질? 내 그토록 알아듣게 설명을 했거늘!"

팽팽하게 당겨져 있던 공간이 도왕의 기세로 인해 확 일그러졌다.

드드드!

두 기운의 충돌로 진동이 일었다.

십여 장의 거리를 두고 있으나 두 사람에겐 지척이나 마찬가지. 거리와 무관한 공격이 가능한 까닭이다.

두 사람의 지배 영역이 맞닿은 곳에선 이미 치열한 공방이 벌어지고 있었다. 기는 몸의 내부를 휘돌고 외부에서 명령대로 흐름을 이룬다. 그 흐름이 조금의 틈도 없이 밀착되어 있는 것이다.

그러나 치열한 공방은 곧 끝났다.

용악이 불쑥 한 걸음 앞으로 옮겼다.

"……!"

도왕은 놀란 눈으로 쳐다봤고, 곧이어 대붕의 날개처럼 기운을 쫙 펴며 덮쳐 오는 용악의 공격을 막아야 했다.

쾅!

묵월을 날려 막았으나 용악은 여전히 도왕을 향해 다가오고 있었다. 용악은 그의 묵월강에 충격을 받지 않는 모양이다.

다른 수법을 펼치지 않는다면 그의 영역을 내주게 된다. 도왕은 이를 악물었고 반월강기를 묵도를 휘둘러 날렸다.

콰압!

용악은 수평으로 날아오는 반월강기를 손으로 잡았다.

'놈!'

도왕은 용악이 조금 전과 같은 수법을 펼치는 모습에 쾌재를 부르며 양손에 준비하고 있던 무형도(無形刀)를 힘껏 내리그었다.

천앙과는 다른 형태의 무형도였다.

쾅!

빛의 폭발이 일어났다.

'응?'

무형도를 내리긋던 도왕의 손이 멈췄다.

스스로의 의지로 멈춘 것이 아니기에 놀랄 수밖에 없었다.

그의 눈에 용악의 얼굴이 보였다, 무형도를 한 손으로 막아내며 차갑게 웃는 용악의 얼굴이.

'묵월강은 어떻게……'

도왕의 생각은 이어지지 않았다.

끄드드등!

무형도가 기음을 토해내며 도왕에게로 밀려왔다.

"허!"

도왕은 헛바람을 삼켰다.

도왕이 만들어낸 무형도보다 용악의, 형태가 명확하지 않은 무형의 힘이 도왕을 압박해 들어왔기 때문이다.

"왜 그렇게 나를 천산으로 보내려 했지? 황보 소저까지 납치해서 내게 무엇을 요구하려 했지? 아니다. 이걸 보니 알겠다."

용악은 도왕이 만들어낸 무형도를 눈으로 가리키며 고개를 끄덕였다.

"무, 무슨 소릴 하는 게냐! 이 무형도는 본 도왕의 최후 초식인 천앙을 변형시킨 것에 불과하다!"

"그들이 무형도라고 부르라고 하더냐?"

"그, 그들?"

도왕은 용악의 말을 알아듣지 못하겠다는 표정으로 되물었다.

"교활한 척은 혼자 다 하더니 무형도가 어떤 무공을 변형시킨 것인지도 몰랐느냐?"

"……."

"검좌란 자가 사용한 검법의 이름은 운외반간. 격(格)의 원리로 베고 첨(尖)의 원리로 찌르는 무공이지. 당신의 이 무형도는 그 원리를 그대로 따르고 있다. 즉, 도법이 아닌 검법이란 뜻이다."

"……!"

"도왕, 그들에게 나를 넘기는 대가로 무엇을 약속받았느냐?"

"무, 무슨 말을 하는 게냐! 본 도왕은……."

"아무 대가 없이 움직일 위인이 아니란 것쯤은 잘 알지. 가만, 그리고 보니 나만이 아니군. 검왕, 권왕, 사마 단주까지. 그들에게 모두 데려가면 강호를 당신에게 주겠다던가?"

용악의 목소리엔 조롱이 담겨 있었다.

"이놈! 큭!"

무형도를 쥔 도왕이 더욱 힘을 주었으나 용악은 자리에서 꼼짝도 하지 않았다.

모두 곤의 위력 덕분이었다.

도왕의 반월강기는 피해도 그만이었으나 용악은 찢어발기는 쪽을 택했다. 그로 인해 벼락처럼 떨어진 무형도의 공격엔 노출될 수밖에 없었다.

무형도를 막아낸 것은 곤이었다.

용악의 의지로 막은 것이 아닌, 곤이 알아서 형태를 변화시켜 막아낸 것이다.

오른손을 크게 다칠 수도 있었음은 무형도의 공격을 막아낸 뒤에 떠올렸다. 지금도 용악은 오른손을 내민 것 외엔 떠오르는 것이 없었다.

오른손을 내밀었고, 곤이 저절로 형태를 변화시켰다, 도왕의 무형도를 막아낼 수 있는 형태로.

드드드등!

밀어도 밀리지 않는 용악을 보며 도왕은 얼굴을 일그러뜨렸다. 그의 양손 공격을 용악은 오른손 하나만으로 가볍게 막았다.

시간이 지날수록 불리한 사람은 도왕인 것이다.

"무슨 소리를 지껄이는지 모르겠다만, 강호 동도들이 그 말을 믿어줄 것 같으냐? 그런다고 네가 부하들을 이용해 본 도왕의 힘을 빼놓고 기습한 사실이 숨겨질 줄 아느냐!"

도왕이 이를 갈며 용악을 노려봤다.

용악은 도왕의 뻔뻔한 얼굴에서 눈을 떼지 못했다.

"황보 소저를 납치하고 장로 둘을 죽인 자가 할 소린 아닌 것 같은데?"

"후후후. 그 말을 누가 믿을까? 내가 네 여자를 납치했다고? 내가 혈교의 장로 둘을 죽였다고? 언제?"

도왕은 뱀처럼 교활한 눈을 번들거렸고 혀로는 연신 거짓을 내뱉었다.

"굳이 사람들이 알 필요는 없겠지."

용악은 도왕의 말을 가만히 듣고 있다가 표정없는 얼굴로 담담하게 입을 열었다.

도왕의 눈알이 빙그르르 한 바퀴 돌고는 제자리로 돌아왔다. 용악의 말을 순간적으로 이해하지 못한 까닭이다.

"너는 오늘 이 자리에서 죽는다. 무형도 말고 그들에게 다른 건 배운 것이 없느냐? 모두 사용해야 할 것이다. 다시는 펼칠 기회가 없을 테니."

팡!

용악의 곤으로 만든 소매와 도왕의 무형도가 맞닿은 곳에서
압축된 공기가 폭발하며 두 사람을 떼어놓았다.

第七章
형체가 없는 거대한 손

천산마제

도왕은 우위를 점하고 있던 용악이 알아서 떨어져 주자 무형도를 갈무리하며 손을 자유롭게 만들었다.

'기회란 잡았을 때 사용하지 못하면 아무것도 아니지. 네놈이 아무리 강한 무공을 가졌어도 결국은 애송이인 게야.'

용악을 바라보는 도왕의 입가에 웃음이 피어났다.

조금 전에는 양손이 묶여 있다시피 해서 어찌해 볼 방도가 없었으나 이젠 상황이 달라졌다.

둥실 도왕의 등 뒤로 묵도가 떠올랐다.

"조금만 늦었어도 본 도왕의 묵도가 너를 갈랐을 텐데 아쉽구나. 감이 좋아, 어린 나이에. 허허허."

도왕의 말은 거짓이 아니었다. 용악을 묵도로 공격할 생각은 분명 있었다. 하나 생각만 했을 뿐 실천으로 옮기진 못했다.

"말 다 했으면 이제 그들에게 배운 것을 펼쳐 봐."

"걱정하지 마라. 본 도왕이 말을 하기 전엔 아무도 모를 것이다."

"……?"

"본 도왕을 아녀자 납치범으로 몬 것도 모자라 기습까지 한 것 말이다."

도왕은 눈 하나 깜짝하지 않고 거짓말을 또 했다.

용악이 보의처럼 입고 있는 곤이 도왕의 몸이 공격할 준비를 갖추었다는 것을 알려주고 있다는 것을 모르는 것이다.

피식.

용악은 웃을 수밖에 없었다.

"야비한 인간."

"그런 사람을 알고 있으면 본 도왕에게도 알려주게."

"거울 봐."

"허허. 어리구나. 본 도왕이 한 가지 알려줄까? 사람이란 때에 따라 변화할 줄 알아야 한다."

"그 정도면 충분히 준비한 것 같은데?"

"무슨… 후후. 영리한 놈."

도왕은 더 이상 시간을 끌어봤자 소용없음을 깨달았는지 한쪽 입꼬리를 들어 올리며 비열한 웃음을 지었다.

쉬악!

예고도 없이 도왕이 반월강기를 뿌려 용악의 허리를 잘라갔다.

팍!

반월강기가 터져 나가며 용악의 모습이 드러났다.

도왕은 제자리에 서서 용악이 다가오는 것을 지켜볼 뿐 손을 쓰지 않았다.

'뭐지? 주위에 뭔가 남아 있다?'

용악은 한 걸음 앞으로 움직이려다 제자리에 멈춰 섰다. 아직 도왕의 공격은 끝나지 않은 것이다.

용악의 눈동자가 빠르게 주위를 훑었다.

아무것도 보이지 않았다.

도왕의 웃음이 주위를 살피는 용악을 보며 더욱 짙어졌다. 조금 전에 가볍게 펼친 수법은 단순한 도강이 아니었다. 무형도와 함께 육천좌에게 배운 '산월(散月)'이었다.

깨지는 것처럼 보이지만 언제든 원래의 형태로 돌아올 수 있는 강기 다발.

'천마, 네가 산월의 기운을 감지한 것만으로도 대단하다. 하지만… 거기까지다. 산월을 막을 수 있는 사람은 현 강호에 그들 여섯을 제외하고는 아무도 없다.'

도왕은 용악의 표정을 하나도 빠짐없이 살폈다.

용악이 마음을 놓는 순간 산월은 도로 변해 심맥을 모두 잘라낼 것이기에.

사방이 칠흑같이 검은 숲에서 불을 피우려다 이상한 느낌에 꼼짝하지 않고 있는 느낌?

용악이 지금 취하고 있는 행동이 그랬다. 불을 켜는 순간 사방에서 노리고 있는 이리 떼들이 덮쳐들 것 같은.

보이지 않는 칼날, 무인(無刃).

용악은 자신과 마찬가지로 움직임이 없는 도왕을 쳐다봤다.

용악이 움직이길 기다리는 것이다.

그때, 도왕이 몸을 쭉 폈다.

고오오.

도왕의 주변이 아닌 용악 쪽에서 기음이 일었다.

번쩍, 도왕의 묵도가 허공으로 치솟았고, 동시에 용악의 주변을 맴돌던 정체불명의 기운도 요동을 쳤다.

용악의 시선이 위를 향했다.

'도(刀)?'

묵도처럼 생긴 거대한 무형도가 용악의 백회혈을 향한 채 거꾸로 서 있는 것이 보였다.

순식간에 만들어진 거대한 묵도를 보고 아찔해지지 않았다면 거짓말이다.

용악은 모든 피가 백회혈로 솟구치는 것을 느끼며 재빨리 양손을 위로 뻗었다. 조금만 뻗으면 무형도에 닿을 수 있었다.

우뚝.

손톱 한 개만큼의 거리를 두고 용악의 손이 멈췄다.

용악이 갑자기 피식 웃었다.

거대한 무형도는 아직 완성되지 않았다.

뭔가 어설펐다. 더구나 보이지 않을 때는 도왕의 반응에만 의지해야 했으나, 이젠 무엇이 노리고 있는지 확연히 드러났다.

전신을 따갑게 만들던 곤의 경고가 백회혈에만 집중됐다. 조금 전까지는 선택권이 도왕에게 있었으나 이젠 용악에게 돌아왔다.

피하고 반격할지, 아니면 맞부딪칠지.

다른 경우도 있을 수 있었다.

막 무형도가 완전한 형태를 갖췄을 때다.

파— 학!

거대한 빛이 용악의 몸에서 일어나며 무형도는 물론 태산 정상까지 덮었다.

"헛!"

도왕은 헛바람을 삼키며 무형도가 완성되자마자 곧장 떨어뜨렸고, 실패란 없다고 확신했는지 호신강기로 몸을 보호하는 데 전력을 기울였다.

휘류류.

도왕은 빛무리가 걷히며 내는 소리에 청력을 집중했고, 눈으로는 용악이 서 있던 자리를 노려봤다. 자신의 머리 위에서 일어나고 있는 변화에는 조금도 신경을 쓰지 못한 것이다.

기척도 없고 소리도 없이 내리꽂히는 것을.

"잘 가시오."

"······!"

빛무리 안에서 용악의 목소리가 들려오자 도왕의 눈은 믿을 수 없을 정도로 커지며 손을 들어 용악을 가리켰다.

"곤이라 한다."

"······?"

도왕은 뭔가 잘못된 것을 깨닫고 재빨리 위를 올려다봤다.

"안 돼!"

도왕이 만들어낸 거대한 무형도가 그대로 떨어져 내렸다.

콰압!

빛무리가 떨어져 내린 도왕 주위로 거대한 빛기둥이 솟아올랐다. 그 모습은 마치 도왕을 통째로 사라지게 만든 것처럼 보였다.

기로 이루어진 것이라면 곤의 지배를 벗어날 수 없었다. 곤의 위력이 유감없이 드러난 순간이라 할 수 있었다.

도왕의 무형도는 기를 유형화시켜 만든 기의 응집체이기에 곤의 지배에서 벗어나지 못한 것이다.

"받은 대로 돌려준다."

용악은 아직 사라지지 않은 빛기둥을 보며 중얼거리다 몸을 돌려세웠다.

그제야 태산 정상이 진저리를 쳤다.

드드드등!

　　　　　*　　　　　*　　　　　*

　황보세가는 비상사태에 돌입했다.

　태산 정상에서 간헐적으로 굉음이 터질 때마다 황보소소는 움찔거렸고, 무인들은 마른침을 삼키며 용악의 승리를 기원했다.

　[언니, 괜찮아요. 주인님은 무사히 내려오실 거예요.]

　완이연이 황보소소의 손을 잡았다.

　"고마워."

　황보소소는 웃으며 완이연의 손을 꼭 쥐었다.

　[헤… 정말 예뻐요.]

　"네가 크면 나보다 훨씬 예쁠 거야."

　황보소소는 양손으로 완이연의 볼을 감싸며 눈높이를 맞춰 앉았다.

　"주모, 그 아이는 말을 하지 못합니다."

　황보소소 혼자 중얼거리는 모습을 보다 못한 팔로가 조용히 말했다.

　"예?"

　황보소소는 어리둥절한 표정으로 팔로를 돌아봤다.

　"태어날 때부터 그리된 듯합니다."

　"……."

　황보소소는 여전히 팔로의 말을 이해하지 못하고 완이연과 팔로를 번갈아 쳐다봤다.

[그냥 알겠다고 해요, 언니. 다른 사람은 제 목소리를 듣지 못하거든요.]

"…아, 아……."

황보소소는 팔로에게 무슨 말을 해야 할지 난감한 표정으로 완이연의 입을 쳐다봤다. 분명 입은 열리지 않는데 목소리는 들렸다.

"주모? 왜 그러십니까?"

팔로가 황보소소의 반응에 의아한 표정이 되어 물었다.

"아, 아니에요."

[주인님과 언니, 제 목소린 두 분께만 들려요. 아진과 아군도 있기는 한데… 그 애들 얘긴 나중에 들려줄게요.]

완이연이 또다시 입도 뻥긋하지 않고 황보소소에게 말했다.

"이렇게라도 하지 않으면 불안해서요."

"…알겠습니다."

[잘했어요, 언니.]

완이연이 해맑게 웃으며 엄지손가락을 들어주었다.

"걱정… 돼."

[혜… 주인님께선 곧 내려오실 거예요.]

"…그래, 그러실 거야."

황보소소도 고개를 끄덕이며 완이연의 말에 동조했다. 그렇게라도 하지 않으면 불안해서 못 견딜 것 같았기 때문이다.

그때였다.

드드드등!

진동까지는 느껴지지 않았지만 태산이 크게 포효하는 것 같은 굉음이 태산 정상으로부터 들려왔다.

황보소소가 놀란 눈으로 연무장 중앙으로 가서 태산 정상을 올려다봤다. 쪼르르 따라온 완이연이 옆에 섰고, 천마칠로가 두 사람의 주위를 경계하며 에워쌌다.

황보세가 내에는 숨소리조차 나지 않았다.

"늦지 않아 다행입니다, 황보 소저."

"……!"

황보소소의 입가에 피어난 미소가 순식간에 얼굴 전체로 퍼져 나갔고, 이내 눈물이 되어 뚝뚝 흘러내렸다. 너무 기뻐서, 안심이 돼서 흘리는 눈물이었다.

용악이 바닥에 내려서는 것을 본 황보소소는 무작정 내달렸다. 하나 긴장이 풀려선지 채 두어 걸음도 옮기기 전에 고꾸라지고 말았다.

"왜 그리 서둘러요. 괜찮아요, 황보 소저?"

"예!"

황보소소는 먼지를 뒤집어쓴 채로 웃으며 고개를 끄덕였다.

"천마칠로, 주군을 뵙습니다!"

"삼로, 팔은?"

"멀쩡합니다."

"그래야지. 장로 둘 잃은 걸로 충분하다."

"면목이 없습니다."

"상대가 상대잖아."

용악의 말이 끝나기가 무섭게 삼로는 한쪽 무릎을 땅에 대며 땅에 이마를 찧었다. 다친 것만으로도 천마의 위신을 떨어뜨렸다고 생각하는 그인 것이다.

"연아, 황보 소저와 함께 가 있어라."

[예.]

완이연은 웃으며 황보소소의 팔을 잡아끌었다.

잠시 후, 용악은 일로에게 새벽부터 있었던 일에 대한 보고를 받았다. 그리고 나서야 황보소소에게 다가갔다.

"오랜만에 뵙습니다, 용 교주님."

황보성이 먼저 용악에게 인사를 건넸다.

"건강해 보이는군요, 황보 가주."

"모두 용 교주님 덕분입니다. 가신 일은 잘 끝나셨습니까?"

삼왕 등과 청죽림에 간 것을 묻는 것이다.

"앞으로는 소모품들이 만들어지지 않을 겁니다."

"아! 잘됐습니다. 삼왕 어르신들과 함께 가셨다는 말을 듣고 걱정했거든요."

황보성은 용악의 신변에 대한 질문만 던지고 황보소소를 납치한 범인이 누군지는 묻지 않았다.

"묻지 않으니 제가 먼저 말해야겠군요. 황보 소저의 일은… 죄송합니다. 제게 악의를 가진 자가 그런 일을 꾸몄더군요."

"용 교주께 악의를요? 당대 천마한테 누가……."

"들어도 모를 이름입니다."

용악은 도왕에 대해 말하지 않았다.

이미 천마칠로에겐 입단속을 시킨 뒤였다.

"그게 무슨 말인가! 나는 알아야겠네! 누군지 어서 말하게!"

용악의 대답을 기다리던 헌원경이 불편한 심기를 드러내며 호통을 쳤다.

"알고 싶으면… 직접 올라가 보시지요, 헌원 노사."

용악은 알려줄 의사가 없음을 명확하게 했다.

"허! 대답하지 않겠다? 소소야, 네가 말해보아라. 누가 너를 납치했던 게냐?"

헌원경은 당연히 용악이 알려줄 거라 믿었다가 발등을 찍힌 심정이 되어 황보소소에게 다급하게 물었다.

"할아버지, 그는… 노인이었던 것만 기억해요."

황보소소는 고개를 가로저으며 대답했다.

"누군지도 모르는데 그렇게 안절부절못했단 말이냐? 천마가 걱정돼서?"

"저를 내려 보내고 혼자서 그 노인을 상대하는데, 어떻게 걱정을 하지 않아요, 할아버지?"

"으이구."

헌원경은 화를 내려다 황보소소의 울먹이는 모습을 보자 눈을 질끈 감으며 홱 돌아섰다.

황보소소가 슬쩍 용악을 돌아봤다.

용악은 잘했다는 표정으로 황보소소를 향해 담담한 미소를 보냈다.

"들으셨어요?"

"······?"

헌원경이 화를 내며 대전 안으로 들어가자 황보성이 따라 들어갔고, 황보소소는 용악에게 다가와 할 말이 있다고 했다.

"제가 팔로 어르신을 도왔거든요. 제게 주신 둘을 부려서도··· 그 노인의 공격을 막아냈거든요. 잘했죠?"

황보소소가 활짝 웃으며 용악을 바라봤다.

칭찬을 바라는 것이다.

용악은 황보소소의 흰 이가 눈으로 들어오자 절로 낮은 한숨을 내쉬었다.

"앞으론 그러지 말아요, 황보 소저."

"소소."

"예?"

"소소야, 앞으론 그러지 마."

그렇게 불러달라는 뜻이었다.

용악은 알면서도 아무런 반응을 보이지 않았다.

"안 해줄 거예요?"

"······."

"그럼 또 할래요, 더 위험하게."

"그러지 말아요."

"소······."

"소소야."

그제야 황보소소는 맑은 웃음을 지으며 고개를 끄덕였다.

"기다렸다고요."

"쩝."

용악은 입맛을 다시며 황보소소의 엉뚱한 행동을 신기한 듯이 바라보다 이내 옆으로 다가가 계단 위에 나란히 앉았다.

"이번엔 얼마나 걸려요?"

"뭐가……?"

용악은 갑자기 말을 놓는 것이 쑥스러운지 슬쩍 말을 늘였다.

"오빠와 기 오라버니가 하는 말을 들었어요. 멀리 가는 거예요?"

"언제 갈지는 몰라요."

"요? 또?"

"지금 가야 될지, 아니면 좀 더 있어야 할지."

황보소소가 바라보자 용악은 낮게 숨을 뱉으며 말을 놓았다. 편하긴 했다. 황보소소를 빤히 볼 수도 있고.

"어딜 가는 데요?"

"천산."

"천산이면……."

"내가 살던 곳이지."

"……."

황보소소는 최대한 아무렇지도 않게 있으려 했으나 천산이란 말에 얼굴이 굳어지고 말았다. 용악이 천산에서 불렸던 별

호가 천산마제란 것을 아는 까닭이다.

지금 붙잡지 않으면 안 된다는 생각에, 다시 볼 수 없을지도 모른다는 불안감에 황보소소는 용기를 냈다. 용악의 어깨를 양손으로 감쌌다.

용악은 잠시 당황한 표정을 지었으나 이내 황보소소의 팔을 풀어 편하게 해주고는 그녀의 어깨를 감싸 안았다.

"부탁할 게 있어요."

"뭔데?"

"사람들에게 알려주고 싶어요."

"……?"

"제가 악… 랑의 여자라는 걸요."

황보소소의 목덜미가 붉어지는 것 같더니 삽시간에 얼굴 전체로 번졌다.

"안 돼요?"

황보소소는 애써 웃었지만 눈썹과 입가에 일어난 경련은 숨기지 못했다. 용기를 내느라 안간힘을 쓰고 있는 것이다.

용악은 황보소소의 손을 잡았다.

"말하지 않아도 다 알아."

"어떻게요?"

"그냥 알아."

"피."

"음? 나야. 십 년이 지나도 약속을 잊지 않고 지키러 온 용악."

"알아요. 근데……."

황보소소가 갑자기 미간에 주름을 만들며 용악을 흘겨봤다.

"왜?"

"이 말 하려고 얼마나 준비했는데 너무 싱겁잖아요. 악 랑은 너무 쉽게……."

"쉽지 않아."

용악이 정색을 하며 대답했다.

"아닌 것 같은데요?"

"무슨 소리야. 지금 얼마나 긴장하고 있는데. 이것 봐. 땀나잖아."

용악이 물기가 남아 있는 손바닥을 보여주었다.

그제야 황보소소는 연습한 보람을 느끼는지 숨을 길게 내쉬며 용악의 가슴에 얼굴을 묻었다.

용악은 황보소소를 안으며 웃었다.

이상하게도 황보소소와 함께 있으면 감정을 숨길 수가 없었다. 이곳에서 처음 만났을 때의 두근거림을 용악의 심장은 기억해 냈다.

"무슨 생각 해요?"

"음, 이런 날이 정말로 오는구나, 생각했어."

"이런 날이요?"

"소소가 내 사람이구나, 알게 되는 날."

"……."

"좋다."

차가운 바람이 두 사람의 붉어진 볼을 쓰다듬고 지나갔다.

"우리 가요."

황보소소는 우리란 말을 강조했다.

용악의 말에 대한 대답이었다.

용악은 일어나려는 황보소소의 어깨를 지그시 누르며 얼굴을 내려다봤다. 볼에 묻은 먼지를 털어주었다.

두 사람은 누가 먼저랄 것도 없이 서로에게 다가갔고, 사르르 감은 황보소소의 입술에 용악의 입술이 포개어졌다.

부르르. 황보소소는 전율을 느끼며 몸을 떨었고, 용악은 떨어지지 못하게 힘껏 안았다.

"하……."

황보소소의 입술이 잠시 떨어졌다가 숨을 토해낸 후 다시 용악의 입술에 닿으며 이번엔 서로의 혀를 찾았다.

불꽃은 한번 일어나자 금방 용광로처럼 달아올랐다.

맑은 눈의 소녀를, 그리워하게 만든 남자를.

용악과 황보소소는 서로의 등을 힘껏 안은 채 한동안 움직이지 않았다.

탁.

아직 새벽이 초롱초롱한 눈을 밝히고 있었다.

용악은 조용히 황보소소의 방문을 닫으며 기분 좋은 웃음을 지었다.

연무장을 향해 걷는 동안 용악의 뒤로 천마칠로와 사림이종이 모습을 드러냈다.

"다들 교로 돌아가라."

"이곳엔 몇이나 남겨놓습니까?"

"전부 데려가."

"예?"

사림이종은 놀란 눈으로 용악을 쳐다봤다.

"황보세가는 나와 개인적인 일이 있었을 뿐, 앞으론 교와 얽히는 일은 없다."

용악이 단호하게 말을 자르자 사림이종은 멀뚱히 서서 천마구로를 돌아봤으나, 천마구로라고 용악의 뜻을 알 리가 없었다.

"알에서 나왔으면 스스로 걷고 날아야지, 옆에서 계속 지켜보고 있으면 오히려 걷고 나는 법을 까먹게 된다."

"주군, 외람되오나 아직 주모께선……."

"그걸 왜 목노가 걱정하는데?"

"딸꾹."

용악의 시선을 받은 목노가 딸꾹질을 하며 입을 닫았다.

"이곳에 있는 건 도움이 되질 않아. 안 부딪쳐도 되는데 우리 때문에 그래야 할지도 모르니까."

"아!"

사림이종이 동시에 탄성을 터뜨렸다. 용악의 말속에 담긴 여러 가지 의미를 동시에 알게 된 까닭이다.

혈교가 정식으로 강호에 나선다는 의미였고, 황보세가를 정파로부터 보호하기 위해 천마구로와 사림이종을 보낸다는 뜻이었다.

"이 도둑놈아, 나 좀 보자!"

멀리서 누군가가 용악을 향해 손짓을 했다.

천마구로의 표정이 일제히 굳었다.

"됐다. 모두 돌아가. 아! 연이는 려군에게 보내라. 앞으로 교에 없어서는 안 될 사람이 될 테니."

"존명."

천마칠로가 먼저 한쪽 무릎을 꿇고 대답하자 뒤늦게 사림이종도 '존명'을 외치며 앉았다.

용악은 자신을 부른 헌원경에게로 걸어갔다. 멀리서도 헌원경의 표정이 곱지 않다는 것은 알 수 있었다.

"어제 소소를 데리고 들어가는 기세만 봐선 나오지도 못할 것 같더니 잘도 일어났구나?"

헌원경은 한쪽 눈썹을 들어 올리며 용악을 못마땅하게 바라봤다.

용악과 황보소소 사이에 무슨 일이 있었는지 다 알면서 일부러 심통을 부리려는 것이다.

용악이 아무 말도 하지 못하자 헌원경의 입꼬리가 올라갔다. 어차피 맺어질 두 사람이었으나 순순히 황보소소를 내줄 마음은 없는 그였다.

'이놈아, 네가 아무리 천마라고 해도 소소를 데려가려면 내

허락이 있어야 하지. 암!'

"밤새 무사하셨습니까, 헌원 노사?"

"뭐라고? 지금 뭐라고 했느냐?"

"들었잖… 습니까."

"못 들었으니 다시 말해봐.".

"밤새 무사……."

"그거 말고! 내가 밤새 명을 달리하든 말든 그건 네가 상관
할 바가 아니잖느냐! 그다음에!"

헌원경이 버럭 소리를 지르며 화를 냈다.

용악은 인사를 건넨 다음 했던 말을 떠올리려 했으나 아무
리 생각해도 떠오르질 않았다.

"헌원 노사? 소소를 그렇게 해놓고 할아비인 나를 그딴 식
으로 불러? 이런 날도둑놈 같으니라고!"

"아!"

"아?"

"어르신, 그럴 리가 있습니까. 그동안 습관이 돼서 그런 것
을……."

"됐다. 소소를 데려갈 생각은 꿈도 꾸지 마라."

헌원경이 완강하게 고개를 가로젓자 용악은 더 이상 사정하
지 않고 낮게 숨을 토해냈다.

'절이라도 해야 되나?'

'이놈, 뭐야? 빌 생각은 않고…….'

헌원경은 용악이 말없이 낮게 숨을 내쉬자 묘한 긴장감을

느끼며 눈을 가늘게 떴다.

"그……"

"왜!"

용악의 입이 떨어지기가 무섭게 헌원경은 또다시 고함을 질렀다.

"절을 올리려고……"

"응?"

"그것도 하지 말까요, 어르신?"

"……"

"……"

"…해."

헌원경의 말이 떨어지기가 무섭게 용악은 재빨리 절을 올린 후 주위를 돌아보겠다는 말을 남기고 연무장을 가로질러 밖으로 나갔다.

그 모습을 지켜보던 헌원경의 입가에 그제야 미소가 그려졌다.

"지가 천마면 천마지… 험. 천마에게 절을 받는 기분도 괜찮은걸?"

헌원경의 얼굴에 환한 웃음이 피었다.

*   *   *

"후억, 후억……"

앞섶이 반쯤 풀어진 것도 모르고 눈동자엔 핏발이 서 있었다.

도왕은 태산 정상에서 뛰어내리자마자 무조건 북서쪽을 향해 내달렸다. 그의 팔십 평생에 그토록 공포스러운 적은 없었다.

도왕은 충분히 용악을 죽일 수 있다고 믿었다.

손만 내리면 용악의 두개골은 반으로 쪼개져야 했다.

하지만 도왕이 손을 내리는 순간 모든 상황은 백팔십도 달라졌다.

도왕의 무형도가 형체도 불분명한 거대한 손에 쥐어진 채 내리꽂히고 있었다.

도왕은 달아나고는 있지만 어떻게 살아남았는지에 대한 기억은 전혀 없었다. 아니, 그런 것까지 떠올릴 여유가 없었다.

일단 천산으로 가서 육천좌를 만나야 했다.

용악이 도왕과 육천좌와의 관계를 알았으니 검왕 등에게 알릴 테고, 그렇게 되면 다들 쫓아올 것이다.

도왕은 그것을 노리고 있었다.

'쫓아오기만 하면 나는 육천좌와 약속을 지킬 수 있어 좋고, 너희들은 편하게 죽을 수 있어서 좋고. 흐흐, 흐흐흐.'

도왕은 생각만 해도 기분이 좋은지 웃었다. 얼굴이 기괴한 모양으로 변한 것을 전혀 인지하지 못하고 있는 것이다.

비록 황보소소를 천산에 데려가려는 계획은 실패했지만 결과적으로는 그보다 훨씬 많은 것을 얻게 됐다. 그것이면 족했다.

눈꺼풀은 감기지 않고 안면 근육은 마비를 일으키고 있다는 것을 전혀 모르기에 할 수 있는 생각이었다.

第八章
받은 대로 돌려준다

천산마제

아침식사를 마칠 때까지 침묵을 깨뜨리는 사람은 아무도 없었다. 헌원경은 헌원경대로, 황보성은 황보성대로, 제갈기는 제갈기대로 각자 상념에 잠겨 있었다.

조금 전의 일이었다.

"정말 알고 싶으십니까?"

용악은 헌원경이 태산 정상에서 있었던 일을 집요하게 묻자 조용히 반문했고, 헌원경은 당연하다는 듯 고개를 끄덕였다.

"도왕입니다."

"…누구?"

"도왕이라고 했습니다."

용악은 그 말을 마지막으로 젓가락을 놓고 밖으로 나갔다.

'허! 도왕이라니… 그 도왕과… 허!'

헌원경은 젓가락을 소리 나게 내려놓았다.

"할아버지……."

"아니다. 갑자기 울화통이 터져서 그랬다."

"……."

"소소 녀석, 놈이 아무리 몇 술 안 떴다고 그래도 냉큼 따라나가 버리다니. 쯧쯧."

"예?"

황보성은 헌원경이 용악의 말 때문에 화가 난 줄 알았다가 황보소소의 얘기가 나오자 어리둥절한 표정을 짓고 되물었다.

"저래서 여자는 커봐야 아무 소용 없다는 게다. 성이 너는 장가가거든 아들만 낳아라."

"…하, 할아버지, 그게 제 마음대로……."

"싫다는 게냐?"

"아, 아닙니다. 그렇게 하겠습니다."

"기 너는?"

헌원경이 갑자기 화살을 제갈기에게로 돌렸다.

"용 교주는 이미 범주를 넘어선 사람입니다. 그렇다고 하면 그런 줄 아는 것도……."

"나는?"

"예?"

"나는 범주를 못 넘은 사람이고?"

"당연히 장제께선 범주를 넘어서셨지요."

"그럼! 장제란 이름을 거저 얻은 줄 알아? 얼마 전까지만 해도 때리면 꼼짝없이 맞던 놈이……."

헌원경에게, 아니, 강호인이라면 누구나 삼왕을 꺾고 싶어 한다. 그 벽을 서른도 안 된 손녀사위 놈이 넘은 것이다.

"오랜만에 수련 좀 해야겠다."

헌원경은 도저히 자리에 앉아 있기 힘든지 일어나 밖으로 나갔다.

"음!"

대전 문을 열고 밖으로 나가는 순간, 헌원경은 손을 들어 눈을 가려야 했다. 햇살이라고 하기엔 지나치게 밝은 빛이 눈 안으로 쏟아졌기 때문이다.

'빌어먹을 햇빛…….'

눈이 살짝 뻐근하긴 했지만 나쁜 느낌은 아니었다.

헌원경은 손으로 빛을 가린 채 연무장으로 향하려 했다.

그때, 연무장 중앙에 희미한 인영이 눈에 들어왔다.

빛 때문에 자세히 볼 수 없어 눈을 가늘게 뜨며 연무장 중앙으로 걸어갔다.

'저기서 뭘 하고…….'

희미한 인영은 다름 아닌 용악이었다.

연무장에 홀로 서서 아무것도 하지 않고 양손을 늘어뜨린 채 서 있었다.

지붕 위로 내려앉은 새들이 울어도, 아침이 밝았으니 바빠진 바람이 불어도 용악은 움직임이 없었다.

헌원경은 자신도 모르게 숨죽이며 용악을 지켜보다 미간을 좁히며 하늘을 올려다봤다. 눈을 아리게 만들었던 햇살이 고스란히 들어오는 데도 눈은 멀쩡했다.

'그 빛이… 햇살이 아니었단 말인가?'

헌원경은 대전을 나온 뒤로 한 발자국도 움직이지 않고 있었다. 움직이면 안 될 것 같은, 소리라도 내면 방해가 될 것 같은 분위기 때문이다.

용악의 시선이 하늘에서 내려올 줄 몰랐다..

어제 새벽 태산 정상에서 있었던 도왕과의 대결을 떠올리는 중이었다.

용악과 도왕은 팽팽히 당겨진 시위를 서로에게 향하고 있었다. 만약 도왕의 무형도가 조금만 빨리 완성됐다면 용악은 이 자리에 있지도 못했을 것이다.

무형도가 완성되기 직전에 곤을 벗었다.

'그때의 느낌이……'

용악은 양손을 늘어뜨리고 곤을 최대한 몸에서 떨어뜨리려 했다.

옷이 비에 홀딱 젖어 딱 달라붙었을 때 최대한 몸을 수축시키면 살과 옷 사이에 약간의 공간이 남는 것을 느낀다. 그 상태가 되려는 것이다.

'됐다. 이제 그때처럼……'

용악은 곤과 피부 사이로 천마벽을 일으켰다.

파— 학!

용악을 감싸고 있던 곤이 숨겨두었던 거대한 날개를 펴며 하늘을 날았다가 다시 용악에게로 돌아왔다.

"대단하다는 말밖엔 안 나오는군."

갑자기 들려온 목소리에 상념이 깨진 용악은 천천히 뒤로 돌아섰다. 대전 앞에 헌원경이 감탄 어린 눈으로 용악을 보고 있었다.

"곤이라고 합니다."

"곤? 무공인가?"

"무공이기도 하고… 설명하려면 좀 깁니다."

용악은 슬쩍 헌원경의 궁금증을 피해갔다.

"내가 듣는다고 알겠나. 직접 받아보면 알겠지."

"…예?"

"그 곤이란 것, 한번 받아보지."

"아직 완성된 것이 아닙니다. 그리고 저는 비무 같은 건 하지 않습니다."

"그럼 비무가 아닌 다른 걸 하면 되겠군."

"……"

용악은 진지한 눈으로 헌원경을 바라봤다. 헌원경 또한 장난스럽게 내뱉은 말이 아님을 증명하듯이 눈 한 번 깜빡이지 않았다.

"이런."

용악이 낮게 숨을 내쉬었다.

헌원경의 진심이 무엇인지 눈빛만 봐도 알 수 있는 까닭이다.

"나중에 하면 어떨까요, 어르신? 지금은……."

"한 번이면 족하다."

헌원경은 이미 투기를 일으킨 상태였다.

용악이 무슨 말을 하더라도 손을 쓰려는 것이다.

"위험할 수도 있습니다."

"…안다."

헌원경이 고개를 끄덕였다.

그 행동 하나에 용악은 더 이상 거절할 명분이 사라지고 말았다.

"오십시오."

용악이 양손을 늘어뜨린 채 헌원경을 향해 섰다.

헌원경이 대전에서 나오자마자 본 용악의 모습이 거기 있었다.

"저기……."

식사를 마친 제갈기가 대전 밖을 내다보다 사람들을 불렀다.

"무슨 일인가, 기?"

"장제 어르신께서 용 교주와 대결을……."

"뭣!"

황보성은 물론 함께 식사하던 모든 사람들이 밖으로 나갔다.

"결국 확인을 해야 했나?"

돈오가 혀를 차며 황보성의 옆으로 왔다.

"어르신, 확인이라니요?"

"헌원 늙은이는 용 교주가 도왕을 제압했다고 했을 때부터 저러고 싶었던 게야."

"어째서요?"

"도왕이니까."

"예?"

"……."

돈오의 입은 닫혔다.

황보성이 알아듣도록 설명하느라 대결을 놓칠 순 없기 때문이다.

살을 에는 바람이 연무장에 몰아쳤으나 어느 한 사람도 움직이지 않았다. 잠깐 걸칠 옷을 가지러 간 사이에 싸움이 끝나면 평생 후회할 일인 까닭이다.

용악과 헌원경, 두 사람은 움직이지 않았다.

'악랑, 어째서…….'

황보소소는 용악이 왜 헌원경과 싸우는지 이해할 수 없었다.

"소소야, 저건 용 교주가 원한 싸움이 아니야."

"예? 기 오라버니는 그걸 어떻게 아세요?"

"곧 너를 데려가야 하는데 왜 저런 짓을 하겠니?"

"오, 오라버니."

"후후후. 장제 어르신이 납득할 만큼……!"

제갈기는 자신의 예상을 말하다 말고 눈을 크게 치떴다. 아무런 움직임도 없던 연무장이 순식간에 빛으로 뒤덮여 버린 것이다.

"모두 기둥 뒤로 피하세요!"

황보성이 다급히 외치며 황보소소를 기둥 뒤로 데려가려 할 때였다.

"가주, 괜찮네."

돈오가 황보성의 팔을 잡으며 진정시켰다.

돈오의 시선은 연무장에 고정된 채 움직이지 않았다.

쿵쿵쿵.

돈오는 자신의 심장 소리가 빨라지는 것을 들었다.

연무장을 감싼 빛은 한동안 소멸되지 않았다.

"고연 놈."

헌원경은 짜증스런 말과 함께 투기를 거둬들였다.

싸우고자 마음먹었을 때는 인정사정없이 손을 쓸 수 있을 것 같았으나, 막상 손을 쓰려니 걸리는 것이 많았다.

괜히 손녀사위와 싸우는 것은 아닌지?

그럴 일은 없겠지만 다치기라도 하면?

오만가지 잡다한 생각이 싸우기도 전에 맥이 풀리게 만들었다. 결국 손쓰는 것을 포기하고 자세를 거둬들인 것이다.

"아, 뭐 해! 언제까지 그렇게 허수아비처럼 서 있을 게야!"

"……."

"내가 먼저 손을 쓰지 않는다는 것을 알고서 일부러 시간을 끈 게냐? 영리한 놈. 알았다. 관두자!"

헌원경은 화를 버럭 내고는 돌아서서 대전으로 성큼성큼 걸어갔다.

"다들 왜 나와 있어? 식사나 할 것이지."

"밥이 잘도 넘어가겠다."

돈오가 다른 사람들을 대신해서 입을 열었다.

"밥이 왜 안 넘어가?"

"다 봤다, 헌원 늙은이."

"뭘 봐?"

"손녀사위와 한판 하려고 한 것."

"……."

헌원경은 맥 빠져서 그만뒀다고 말을 하려다 표정없는 돈오의 얼굴에 질려 고개만 가로젓고 말았다.

"할아버지, 괜찮으세요?"

이번엔 황보성과 황보소소가 다가와 부축하듯이 굴었다.

"너희들은 또 왜?"

"용 교주와……."

"앞으로 소소와 잘 지내라고 덕담 한마디 해줬을 뿐이다."

헌원경은 스스로 생각해도 잘 꾸며냈다고 여겼는지 인자한 웃음까지 지었다. 하나 황보성과 황보소소도 눈이 있었다.

'이 녀석들이 왜 이리 빤히 쳐다봐?'

헌원경은 손자 손녀가 시선을 거두지 않자 그제야 뭔가 이상함을 느꼈다. 돈오도 그렇고 황보성이나 황보소소도 그렇고, 뭔가를 본 사람들처럼 굴고 있었다.

"다 보지 않았느냐?"

헌원경은 손을 들어 용악을 가리키며 물었다.

"봤지요. 갑자기 환한 빛이 연무장을 감싸더니 아무것도 보이지 않는 거예요. 그래서 저는 할아버지께 무슨 일이라도 일어난 줄……."

"잠깐. 뭔 빛?"

"그냥 환한 빛이었어요."

"……."

헌원경이 손을 들어 황보성의 말을 멈추게 했다.

황보성이 말하는 환한 빛 따위, 헌원경의 눈엔 보이지 않았다.

'어째서 내겐 그 빛이 보이지 않았던 거지?'

헌원경은 고개를 갸웃하고는 용악을 돌아봤다.

용악은 멀리서도 확연히 느껴질 정도로 환한 웃음을 짓고 있었다.

'내 스스로 그만둔 것이 아니라 네놈이 그만두게 만들었다… 고?'

헌원경은 일류고수가 아니었다.

절정의 끝자락에서 이제 새로운 경지로 올라서야 하는 절정고수였다. 그런 그를 용악이 아무것도 하지 않고서 손가락 까딱하지 못하게 만들었다?

헌원경은 어이없는 표정으로 고개를 내저었다.

"그 생각이 맞을 거야."

돈오가 헌원경의 생각이라도 읽은 사람처럼 기가 막히게 치고 들어왔다.

"몰라. 안 들려."

"다 들었잖은가, 헌원 늙은이."

돈오가 집요하게 달라붙어도 헌원경은 꿋꿋이 대전 안으로 들어갈 뿐 아무런 대꾸도 하지 않았다.

헌원경이 안으로 들어가자 황보소소는 재빨리 연무장 중앙에 있는 용악에게로 달려갔다.

"악랑, 어떻게 된 거예요?"

"어르신과 잠깐 얘기 좀 했어."

"얘기요?"

"응."

"진짜로?"

"진짜로."

용악은 황보소소가 미심쩍은 눈으로 쳐다보자 성큼 걸어가 개미허리만큼이나 얇은 황보소소의 허리를 한 손으로 휘감았다.

"어머!"

황보소소는 사람들이 보고 있다는 생각에 비명에 가까운 소리를 지르며 용악의 팔에서 벗어나려 했다. 하나 용악은 놓아줄 생각이 없는지 황보소소를 안은 채 연무장을 나왔다.

용악의 과감한 행동에 황보성 등은 할 말을 잃고 눈만 껌뻑일 수밖에 없었다.

"가주, 소소와 나눌 얘기가 있어서 먼저 가보겠소."

"아, 예……."

황보성은 엉겁결에 대답하며 손까지 들어주었다.

"성, 팔은 내리라고."

제갈기가 황보성의 팔을 내려주며 답답한 한숨을 내쉬었다.

"참 잘 어울리는 한 쌍이야. 그렇지, 기?"

"그렇게 부러우면 가주도 어서 배필을 찾으시게."

"그럴까?"

"음?"

"당분간은 힘들겠지만 자네가 소개해 준다면 못 만날 것도 없을 것 같네. 고맙네, 기."

"내, 내가?"

"하하하, 사람도. 십일련이 발족되면 그 후론 시간이 많이 남는다네. 아! 자네도 이참에 함께 만나는 게 어떤가?"

황보성은 제갈기의 황당해하는 표정이 재미나는지 한참을 웃기만 했다.

"세상에… 어쩜 그렇게 당당하게……."

황보소소는 방으로 들어오자마자 용악의 손에서 벗어났다. 그리고는 목까지 붉어진 얼굴로 따지듯이 양손을 허리에 올렸다.

"둘만 있으려고 그랬지. 싫어? 다시 나갈까?"

용악은 황보소소가 별로 내켜 하지 않자 다시 허리를 감싸 안으려 했다.

"어딜 가요?"

황보소소가 얼른 용악의 손을 밀어내며 탁자 쪽으로 도망갔다. 매일 함께 하길 바라고 또 바라던 황보소소다. 싫을 리가 없다.

용악과 황보소소의 숨바꼭질은 한동안 계속됐지만 결국은 황보소소가 용악의 품에 안겨 침상에 쓰러지는 것으로 결론이 났다.

"너무 빠른 건 아는데, 가야 할 것 같아."

"예? 어디를요?"

"용호산."

"벌써……."

"도왕을 미워해. 난 좀 더 있으려고 했는데 도왕 때문에 완성돼 버렸다고."

"뭐가 완성이 돼요?"

"음, 무공."

용악은 곤의 자유로운 출수가 가능해졌다고 말을 하려다 뭉 뚱그려 대답했다. 곤 역시 일종의 무공이나 다름없으니 틀린 말은 아니었다.

"그럼 아까 봤던 빛이… 악랑의 무공이었던 거예요?"

"그게 곤이야."

"얼마나 강한 건데요?"

"적어도 죽지는 않아."

"됐어요. 그 말 한마디면 소소는 언제까지고 기다릴 수 있어요."

황보소소는 애써 웃었다.

또 기다려야 하느냐고 화를 내고 싶은 마음이 굴뚝이지만 용악의 담담한 얼굴을 보면 그마저도 할 수 없었다.

용악은 황보소소의 대답에 쓴웃음을 지었다. 황보세가에 홀로 남겠다는 대답을 예상하지 못한 것은 아니지만 직접 듣게 되니 기분이 묘해진 까닭이다.

"알았어. 장로들을 보내놓지."

"그분들을 왜요?"

"소소를 혼자 둘 순 없잖아."

"…같이 가면 안 돼요?"

"……?"

"악랑과 함께 있고 싶다고요!"

황보소소가 눈물을 글썽이며 소리쳤다.

용악이 함께 가자고 할 때는 기다리겠다고 하더니 이젠 눈물까지 글썽인다. 용악은 당황한 표정으로 황보소소의 얼굴을 가슴에 묻었다.

"저도 데려가요……."

"용호산에 가면 아는 사람이 아무도 없을 텐데, 괜찮겠어? 당분간은 나도 보기 힘들 거야."

"어차피 그래야 하잖아요. 전 당신 여잔데 어차피 그런 거, 견뎌야 하잖아요."

"……."

용악은 황보소소의 대답에 심장이 마구 뛰었다.

당신 여자란 말 한마디에 이토록 감동받을 줄은 꿈에도 생각지 못한 것이다.

용악이 멍한 표정으로 있을 때 황보소소가 양팔로 목을 감쌌다.

보기만 해도 좋은 사람인데, 그런 사람과 함께 있을 수 있다는데 망설일 이유는 없었다. 무엇보다 용악은 황보세가에 길을 열어주었다.

황보성은 건강을 되찾았을 뿐만 아니라 이제 어엿한 황보세가의 가주이자 십일대세가연합의 수장인 십일련주가 됐다.

용악의 도움이 없었다면 있을 수도 없는 일이었다.

황보소소를 가치 있게 만들어주는 사람. 용악은 그런 사람이고, 그런 사람과 함께할 수 있다면 낯선 환경 따윈 문제될 것이 없었다.

황보소소는 앞으로 내려온 머리칼 몇 올을 손으로 쓸어 넘기며 발그레해진 얼굴로 용악을 응시했다.

순간, 용악의 표정이 멍해지고 말았다.

용악은 황보소소가 굳이 입술을 열지 않아도 무슨 말을 하고 싶은지 알 수 있었다. 황보소소를 안고서 침상으로 갔다.

＊　　　＊　　　＊

"가라."

모두들 헌원경에게로 시선을 모았다.

말을 꺼낸 용악조차 의아한 눈이 됐다.

"허락한다고 했다. 어차피 이렇게 될 줄 다들 알고 있었잖느냐? 새삼스럽게 놀라는 척하기는……."

헌원경은 사람들의 따가운 시선에 수염을 쓰다듬으며 혀를 찼다.

"감사합니다, 어르신."

"천마가 내 손녀사위라……. 헐. 돈오 늙은이, 부럽냐? 왜 자꾸 그런 눈으로 쳐다보는 게야?"

"왜긴, 신기해서 그러지. 언제는 두 눈에 흙 들어가기 전엔 두 사람을 인정할 수 없다고 해놓고선."

"내가 언제?"

"아! 자네나 신가 늙은이나 불리한 말은 기억 안 하는 버릇이 있다는 걸 까먹었군. 됐네."

돈오는 예의 표정 없는 얼굴로 말을 하고는 헌원경의 한쪽 눈썹이 올라가자 재빨리 용악과 황보소소에게 시선을 돌렸다.

"잘살아야 한다, 소소야."

"그럴게요, 어르신."

"잘해주고."

돈오의 시선이 용악에게로 향했다.

"예."

"소소야."

용악의 대답이 끝나기가 무섭게 헌원경이 황보소소를 불렀다.

"예, 할아버지."

"잘살아야 한다."

"예? 예."

"불쌍한 아이야. 잘해줘라."

헌원경이 이번엔 용악에게 말했다.

같은 상황이 두 번이나 반복되자 용악은 고소를 지으며 자리에서 벌떡 일어났다.

모두들 의아해할 때 용악이 헌원경을 향해 큰절을 올렸다.

"어려운 결정이셨을 텐데 허락해 주셔서 감사합니다, 어르신."

갑작스런 용악의 예의 바름에 헌원경은 당혹해하다 이내 인자한 할아버지로 돌아가 너털웃음을 흘렸다.

왜 갑자기 데려가야 하는지에 대해서는 황보성과 이미 얘기를 나눈 후였다.

곧 천산으로 가야 하는데 황보소소를 혼자 두었다가는 여러 차례 반복된 일이 또다시 일어날 것이니 용호산으로 데려가고 싶다고.

황보성은 '소소를 잘 부탁합니다' 라는 말 외엔 아무것도 하지 않았다. 황보소소만큼이나 용악을 믿는 사람이기 때문이다.

안휘성을 지나 산동성으로 접어들 때 즈음 용악은 황보소소와 함께 주루로 들어섰다.

두 사람은 말을 타지 않고 신법도 펼치지 않은 채 걷다가, 힘들면 쉬고, 정겨운 대화를 나누며 이곳까지 온 것이다.

지금도 근방에 음식 잘하는 곳이 어디냐고 물어서 여래객잔을 찾아왔다. 이 근방에선 모두 여래객잔의 음식을 맛보고 싶어한다고 해서 황보소소의 기대가 꽤 컸다.

용악이 추렴을 걷고 안으로 들어가자 식욕을 당기는 냄새가 코를 자극했다.

"마음에 들어?"

용악은 점소이가 안으로 들어오라며 소리쳐도 황보소소만 바라봤다.

"예, 악랑."

"다행이네. 빈자리로 안내해라."

존재감이 잠시 사라졌던 점소이는 용악이 돌아보자 본연의 쾌활한 모습으로 돌아왔다.

"이쪽으로 모시겠습니다."

"조용한 곳으로."

"예? 아! 두 분께서 오붓한 시간을 보내실 곳 말씀이십니까? 알겠습니다. 이층으로 안내하겠습니다."

점소이의 눈은 용악보다 황보소소에게 머물러 있었다. 면사를 쓰고 있기에 미녀라고 확신은 할 수 없지만 고급 비단옷을 입었기에 돈이 많을 거란 생각 때문이다.

그때, 점소이가 안내하려는 이층에서 몇 명의 무리가 우르르 쏟아지듯이 내려왔다.

술을 한잔씩 걸쳤는지 취기가 진동을 했다.

그들 중 한 명이 계단 옆에 서 있는 황보소소를 발견하고 눈을 빛냈다.

"올라가시지… 힉!"

점소이는 분위기가 이상해지자 잽싸게 사내를 가로막으며 용악과 황보소소를 이층으로 안내하려 했으나, 사내가 점소이의 뒷깃을 잡고 아무렇게나 내던져 버렸다.

사내는 취기로 인해 초점도 잘 맞지 않는 게슴츠레한 눈으로 용악을 노려보더니 황보소소를 향해 손을 들어 올렸다.

그러나 사내는 그 자세 그대로 굳어버렸다.

용악은 황보소소와 함께 이층으로 올라갔다.

잠시 후에 아래층에서 웅성거리는 소리가 들리더니 이내 잠잠해졌다.

"저는 괜찮습니다. 한두 번도 아니고 이골이 나 있거든요. 선남선녀께선 어떤 음식을 고르시겠습니까?"

점소이는 언제 내던져졌느냐는 얼굴로 다가와 음식을 줄줄이 읊어댔다.

"이 집에서 가장 맛있는 걸로."

"사실 그렇습니다. 저희 여래객잔은 타 객잔에 비해 신선한 재료를 직접 공수해 와서… 곧 준비하겠습니다!"

점소이는 음식 값이 비싸다는 설명을 늘어놓다가 말고 몸을 부르르 떨었다. 용악의 눈을 봤다 싶은 순간 고개를 떨어뜨리며 부리나케 아래층으로 달려 내려갔다.

"악랑, 왜 저래요?"

"내가 무서운 사람이란 걸 아는 거지. 사람을 많이 상대하면 자연히… 알게 되는 것 아닐까?"

피식. 용악은 말을 하고 나서 스스로도 웃긴지 웃고 말았다.

점소이가 주방에 무슨 말을 해놓았는지 음식은 무서운 속도로 올라왔다.

황보소소는 갖가지 다채로운 음식이 한상 가득 차려지자 어느 것부터 먹어야 할지 젓가락을 들고 고민을 해야 했다.

그러면서도 두 사람의 입은 쉴 새 없이 얘기가 흘러나왔다. 태산을 떠나 이곳까지 오는 동안 나눈 얘기가 꼬리에 꼬리를 물고 이어진 까닭이다.

"어휴, 이젠 더 이상 못 먹겠어요."

"더 들어."

"뚱뚱해지는 것 싫어요."

"괜찮아."

"안 돼요."

황보소소는 어린애가 도리질 치는 것처럼 얼굴을 마구 가로 저었다. 면사 때문에 다른 사람은 볼 수 없지만 용악은 황보소소의 표정을 모두 볼 수 있었다. 아름다운 데다 귀엽기까지 한 얼굴이다.

두 사람이 식사를 마치고 차를 따를 때 다가온 자들만 아니면 오랜만에 맛있는 식사가 됐을지도 몰랐다.

"이봐, 네가 주 공자 손을 망가뜨렸느냐?"

서른 남짓의 구레나룻을 기른 장한이 다가오며 대뜸 용악에게 턱짓을 했다. 생김새가 구노를 연상케 할 정도로 험악하게 생긴 자였다.

"명제, 굳이 묻지 않아도 될 일을 묻는 이유가 뭔가? 용서라도 하려는 건가?"

구레나룻장한의 옆으로 마른 체형에 쥐상을 한 자가 모습을 드러냈다. 그는 들고 있는 부채를 손바닥에 내려쳐 묵직한 소리를 일부러 흘렸다.

"주 공자?"

용악은 술 한 모금 입에 털어 넣으며 아무렇지도 않게 물었다.

"네가 손을 부러뜨린 청년이 바로 주 공자시다. 보아하니 정파인인 것 같은데, 이곳에서 행세를 받아줄 거라 여겼다면 크게 잘못 생각한 것이다. 어떻게 보상할 테냐?"

"뭘 보상하라는 거지?"

용악은 쥐상사내의 태도가 지나칠 정도로 당당하기에 호기심이 일었다. 정파니 사파니 구분 짓는 행동이야 많이 봤지만 쥐상사내처럼 구는 자는 처음인 까닭이다.

"주 공자의 팔을 부러뜨렸으니 보상을 해야지."

"그자가 잘못을 했어도 말이냐?"

"흐흐흐, 웃기는 자로군. 지나가다 눈 마주쳤다고 손을 망가뜨렸단 말이냐? 힘 좀 있으면 다 그래도 되겠구나?"

"그래서 힘 좀 있는 사람을 혼내주러 왔다?"

용악은 말을 하고 나자 절로 웃음이 나왔다.

천산에서부터 지금까지 이런 식의 실랑이를 벌여본 적이 없기 때문이다.

쥐상사내는 용악의 웃음을 보자 속이 부글부글 끓었다. 누가 봐도 용악이 빌어야 할 상황인데 너무나 여유로웠다.

"믿는 구석이 있는 모양이구나. 아니면……."

쥐상사내가 황보소소를 돌아봤다.

"여자 앞이라고 꼴값을 하는 거든지."

쥐상사내가 득의한 표정으로 용악을 내려다봤다.

"다친 사람이 술에 취해 있던가요? 계단에서 저를 가리키며 음험한 눈으로 쳐다보다 사람일 거예요."

황보소소가 용악보다 먼저 나섰다.

쥐상사내는 황보소소의 당찬 대답에 어안이 벙벙한 표정이 됐다.

"그 사람이 왜 다쳤는지는 묻지도 않고 악랑과 제게 와서 따지는 건 곤란하지 않나요?"

황보소소의 질문은 쥐상사내와 구레나룻장한의 목숨이 걸려 있었다. 두 사람이 어떤 대답을 하느냐에 따라 용악의 반응역시 달라질 테니까.

"그런 일이 있었소? 그럼 주 공자가 내게 거짓말을 한 거란말이오?"

"그를 데려오세요, 확인시켜 줄 테니."

"……."

쥐상사내는 황보소소를 노려봤으나 황보소소의 자세는 조금도 흐트러지지 않았다.

'혹시 이 여자가 주 공자를?'

충분히 가능한 생각이었다.

처음엔 용악이 범인이라 여겼으나 황보소소의 태도를 보니잘못 짚었을 수도 있다는 생각이 든 것이다.

"우린 아직 차를 마시지 못했어요. 그만 돌아주시는 게 어떠세요?"

쥐상사내는 이번에도 대답을 하지 못했다.

그의 주군인 진마 변종일은 정파라면 이를 갈았다.

산동성에 기반을 잡기 위해 여의단, 구대문파 등과 평생을싸워왔기 때문이다.

쥐상사내 곽등은 그런 변종일을 따랐다. 이유는 오직 하나,사파인으로서 변종일을 존경한다는 것이다.

사파가 멸시를 당했다고 해서 단숨에 달려왔건만 상황은 곽

등이 가장 싫어하는 형태의 일로 번져 있었다.

'내 이 자식을!'

곽등은 자신에게 거짓말을 한 주 공자를 떠올리며 속으로 이를 갈았다.

"주인이 누구지?"

용악이 분해하는 곽등에게 물었다.

"뭐? 지, 지금 뭐라고?"

"네 주인이 누구냐고 물었다."

쿵!

곽등은 어이없는 눈으로 용악을 노려보다 심장이 맹렬하게 객잔 바닥에 떨어지는 것 같은 충격을 받았다.

'고, 고수!'

그의 주군인 변종일도 이런 위압감은 줄 수 없었다.

마른침을 삼키며 뒤로 한 걸음 물러섰다.

"지, 진마 변종일이… 오."

"곽 형, 무슨 짓입니까?"

지켜보고 있던 구레나룻장한은 곽등의 기이한 행동에 놀라 대뜸 용악에게 달려들려 했다.

턱.

"곽 형?"

"하지 마. 그러다… 죽는다."

곽등은 찢어진 눈을 들어 올리지 못하고 장한을 막아선 채로 자리를 지켰다.

"변종일. 알았다."

용악의 대답이 나오고 나서야 곽등은 돌아설 수 있었다. 조금 전까지는 움직이고 싶어도 알 수 없는 힘이 누르고 있어서 제대로 움직일 수도 없었다.

곽등은 재빨리 장한을 데리고 이층에서 사라졌다.

"악랑, 괜찮아요? 혹시 제가 괜히 나선 건……."

"아니야."

"정말요?"

"그럼. 현명하게 잘해줬어. 알아서 물러나게 하는 것은 힘으로 물러나게 하는 것보다 훨씬 어렵거든."

용악은 황보소소를 향해 빙긋 웃어주었다.

진심이 담겨 있어선지 황보소소는 얼굴을 붉히며 수줍게 마주 웃었다.

세상에는 직접 겪어보지 않으면 못 믿는 인간들이 많다. 용악은 그중에 한 명을 이곳으로 오는 내내 생각하고 있었다.

'오늘쯤이면 천산에 도착하지 않았을까? 내 손으로 직접 죽이고 싶었으나, 도왕 네게는 그쪽이 더 어울려.'

용악은 객잔을 나서며 북쪽 하늘을 올려다봤다.

도왕이 살아서 태산을 내려간 것은 용악이 놓친 것이 아니라 살려준 것이었다.

거대한 빛기둥은 곤이 만들어낸 형태였다.

처음이라 정확히 도왕의 머리에 떨어뜨리진 못했으나 육천좌에게 돌려주기엔 손색이 없었다.

'육천좌, 내 선물이 마음에 드나?'

천산에 있을 육천좌에게 던진 말이었다.

第九章

가볼까?

천산마제

천산 정상은 조용했다.

숨이 턱까지 차서 육천좌를 찾아 헤매는 도왕의 발자국 소리가 요란하게 퍼석거렸다.

도왕은 한참 동안 천산 정상 이곳저곳을 돌아다닌 후에야 은발에 백의를 입은 여섯 명이 정좌한 모습을 발견할 수 있었다.

"오에 기다이렸도이다."

도왕은 최대한 편하게 말을 꺼냈다가 입을 닫았다.

이게 무슨 소리지?

도왕이 하고 싶은 말은 그런 것이 아니었다. 오래 기다렸다고, 곧 너희들이 원하는 일이 벌어지게 된다고 말하려 했던 것이다.

"실패한 건가?"

"무든!"

도왕은 검좌의 말이 끝나기가 무섭게 손까지 흔들며 소리쳤다.

"머리는 반 이상 벗겨지고 얼굴은 마비돼서 도왕의 모습은 온데간데없고…… 천산마제답군. 받은 대로 돌려준다는 건가?"

"이, 이거 보디요. 어더 둔비하는 거디 도을 거요. 턴마가 던부 데디고……."

"천산마제가 그들을 데려온다?"

"그, 그더쏘."

"너를 잡으려고?"

"덜명은 나둥에 하거… 어더 둔비를……."

"쯧쯧. 도왕, 천산마제가 왜 당신을 놓아주었는지 아직 모르겠소?"

"털털. 노아둔 게 아니라 본 도앙이 뉴인한 거요."

"……."

검좌는 도왕을 면밀하게 살폈다.

예전 도왕의 모습은 어디에도 보이지 않았다.

"반만 성공한 건가?"

"머, 머가 마디오?"

도왕이 애써 검좌의 질문에 대답하려 했다.

"미완성이군. 다들 어떻게 보시는가?"

검좌가 오천좌를 돌아봤다.

"심검인가? 결국 넘어선 모양이군."

"심검이 맞소."

오천좌가 저마다 한마디씩 건넸다.

"심검은 심검인데 반만 완성된 것 같소. 완성했다면 이자의 몰골이 이렇게 변할 리가 없겠지."

검좌는 도왕을 물끄러미 바라봤다.

내심을 드러내지 않은 눈이었으나, 도왕은 그 눈을 보는 순간 위험하다는 신호를 감지할 수 있었다.

"다, 다들… 턴마들 데려오면… 내게 낙독해딴도!"

"네가 천산마제를 약속대로 데려왔으면 지켰겠지. 천산마제를 데려오기는커녕 그의 심부름이나 하러 왔으면서……."

"디, 딤부듬……."

"수좌가 무형심도를 남겨놓았듯이 천산마제는 네 몸에 심검을 남겼다. 너는 곧 죽는다. 이미 죽었어야 하지만 살려준 천산마제에게 감사라도 해."

검좌는 도왕의 곧이라도 튀어나올 것 같은 눈을 보며 혀를 찼다. 내버려 두어도 죽게 되어 있지만 육천좌가 모인 자리에 피를 뿌리는 것은 미관상 좋지 않았다.

슥.

검좌가 손을 들자 도왕은 제자리에서 두둥실 떠오르며 낭떠러지를 지나쳐 허공에서 멈췄다.

"잘 받았다, 천산마제. 진짜 심검은 이런 거지."

검좌는 허공에 멈춰 선 도왕의 겁먹은 얼굴을 손가락으로 가리켰다.

도왕은 툭 튀어나온 눈을 데구르르 굴렸다. 자신에게 무슨 일이 벌어지고 있는지 전혀 감을 잡지 못하는 것이다.

순간, 도왕은 눈앞이 환해지는 걸 느낌과 동시에 마음이 편안해졌다.

불편했던 것들이 확 터져 나간 느낌이랄까?

도왕은 웃었다.

푸— 학!

자신의 육편들이 천산 아래로 떨어져 내리는 것도 모른 채.

천산은 또다시 적막감에 휩싸였다.

육천좌의 몸은 서서히 백색 빛무리로 인해 모습이 보이지 않게 됐다.

*　　　　*　　　　*

용악과 황보소소가 객잔으로 향할 때 낯선 그림자가 한쪽 구석에서 나타났다. 마른 체형에 흑의를 입어 좀 더 말라 보이는 삼십대 초반의 사내였다.

"기다리고 있었소, 천마."

흑의사내의 강직한 성격이 말투에 고스란히 묻어났다.

"……"

용악은 처음 보는 사내가 자신을 알아보자 말없이 쳐다보기만 했다.

"총령께서 뵙기를 바라십니다."

"사마화인이?"

"그렇습······!"

사내는 대답을 하다 말고 급히 손을 올렸다.

질문과 대답이 오간 시간은 그야말로 촌각에 불과한데 어느새 용악이 사내 앞에 서 있었다.

화들짝 놀란 사내가 뒤로 피하려 했으나 뒤쪽에 벽이라도 있는 것처럼 꼼짝도 하지 못했다.

"사람을 시켜 데려오라고 했다고?"

"······!"

덜덜덜.

사내는 심하게 몸을 떨었다.

삼십대 초반으로 사마화인을 호위하는 구성 중 대형인 동휘경이 바로 사내였다.

"그, 그게 아니라··· 제··· 제가··· 모, 모시··· 으으으······."

동휘경은 말을 끝까지 할 엄두가 나질 않았다.

손가락 하나라도 움직이는 순간 전신이 난도질당할 것 같은 느낌이라니!

"아, 안에··· 으······."

동휘경은 죽을 것 같은 공포가 엄습하는 데도 손을 펴 객잔을 가리키자, 그의 몸을 압박하던 힘이 한순간에 사라져

버렸다.

어리둥절해져서 용악을 찾아 두리번거리자 용악과 황보소소가 객잔으로 들어가는 모습이 보였다.

"후읍… 후읍… 죽는 줄 알았네. 총령, 이건 정말 아니잖습니까?"

동휘경의 입에서 우는 소리가 흘러나왔다.

사마화인은 밖에서 기다리고 있다가 용악이 오면 함께 오라고 했다. 사마화인에겐 반쯤 장난이었을지 몰라도 당하는 사람 입장에선 죽을 고비를 넘긴 것이다.

"어서 오시오, 천마."

용악이 객잔으로 들어가자 안은 텅 비어 있었고, 사마화인이 자리에서 일어나 맞아주었다.

용악은 황보소소와 함께 천천히 그의 앞에 가서 앉았다.

"좋아 보이는군."

"덕분에. 황보 소저, 오랜만입니다. 십일대세가가 언제고 큰일을 해낼 거라 믿고 있었습니다."

사마화인은 용악에겐 최대한 짧게 대답하고는 황보소소에게 시선을 돌렸다.

"십일련에 대해서라면 제가 아니라 오빠께……."

"하하하. 황보 소저, 제가 여의단의 총령입니다. 강호의 소식이라면 전부 제 손바닥에 들어와 있다고 해도 과언이 아니죠."

"그런 분이 악랑의 기분 하나 못 맞춰주시나요? 실망인데요?"

황보소소는 웃고 있었으나 말에는 뼈가 담겨 있었다.

"하, 하하, 동 호위가 무슨 실수라도 했나요?"

"사마 총령이 시킨 일이었으면 악랑께서 놓아주셨을 리 없지요."

"가만, 악… 랑? 그럼 두 분이……."

"악랑과 함께 용호산으로 가는 길이에요."

"아… 아!"

사마화인은 두 번째 탄성을 터뜨리며 용악을 돌아봤다. 그 눈에는 무슨 짓이냐는 질문이 포함되어 있었다.

"왜 그러시죠?"

"황보 소저한테 말하지 않았소, 천마?"

사마화인이 오히려 용악을 돌아보며 반문했다.

"번잡스럽긴."

"내가? 내가 번잡스럽단 말이오? 내 얼마 살지는 않았지만 지금까지 그런 말을 들은 적은 없소."

"그 말을 하려고 부하까지 죽일 뻔했나?"

"안 죽였잖소? 나를 구해주려고 의원까지 보내준 사람이 그럴 리 없다고 확신했지."

사마화인은 장난스럽게 웃으며 엄지손가락을 치켜들었다.

"착각하고 있군."

"도왕이 천산으로 가는 것을 본 사람이 있소."

용악이 말을 이으려 하자 사마화인은 재빨리 화제를 돌렸다. 도왕의 애기가 나오자 황보소소의 눈빛이 달라졌다.

태산에서 있었던 일을 모두 아는 것이다.

"그게 나와 무슨 상관이지?"

"도왕이 태산을 내려왔을 때 누구도 그가 도왕일 거라고는 생각지 못했다오."

"왜요?"

황보소소가 끼어들었다.

"모습이 너무 해괴했기 때문이지요, 황보 소저."

"모습이요?"

"반쯤 정신 나간 얼굴에 눈은 툭 튀어나왔고… 아무튼 정상은 아니었습니다. 천마, 당신이 그랬소?"

이번에도 사마화인의 질문은 용악에게로 향했다.

황보소소의 시선까지 더해지자 용악은 고개를 가로저었다.

"도왕을 죽이려고 했다."

"……!"

사마화인은 듣고 싶은 말을 들었음에도 믿을 수 없다는 듯 눈을 부릅떴다.

도왕을 죽이려고 했다?

살아 있는 강호의 전설 중 한 명이 용악의 한마디에 죽다 살아난 것이다.

"소소를 납치한 죄만으로도 죽어 마땅하지만 재주가 좋더군. 내 마지막 공격을 피해서 달아났다."

"…그게 다요?"

"다다."

"도왕이 당신과 싸우다 도망쳤다?"

"정확히는, 나를 유인하려 했다는 게 맞겠지."

"유인?"

"소소를 천산으로 데려가려 했다."

"처, 천산! 그들이 있는 곳을!"

사마화인은 깜짝 놀라 자리에서 일어났다.

"사마 총령님, 그들이라니요? 악랑, 무슨 말이에요?"

사마화인의 반응이 격해지자 황보소소는 본능적으로 안 좋은 예감에 끼어들었다.

천산이라면 용악이 자란 곳인데 그곳에서 무슨 일이 일어나고 있다? 더구나 도왕이 그녀를 데려가려 한 곳이 천산이다?

알 수 없는 말들이었다.

"내가 소소를 용호산으로 보내려는 이유 중 하나야."

"뭐가요?"

"천산에… 그들이 나를 기다리고 있거든."

"그들? 그들이 누군데요?"

"천좌의 후예들."

"천좌……."

"소소가 생각하는 그 천좌. 날뛰던 가짜들이 아니라 진짜 천좌의 후예들이야."

용악의 목소리가 무거워졌다.

그때, 듣고만 있던 사마화인의 입에서 헛바람 빠지는 소리가 흘러나왔다.

"큭. 아버지도 그렇고… 다들 제정신이 아니야."

사마화인은 어이없을 때나 나올 수 있는 말투로 고개를 절레절레 흔들며 자리에 앉았다.

"내가! 여의단의 총령인 내가! 그들을 흉내 낸 자 한 명에게 죽을 뻔했소! 당신의 도움이 아니었다면 분명 죽었겠지. 아니, 그런 건 중요하지 않아! 중요한 게 뭔지 아시오? 어째서 당신들이 아니면 안 되는 거지? 강호엔 사람이 없나? 왜 알리지 않고, 오백 년 전처럼 전 강호인이 하나가 되도록 하지 않고 유야무야 해결하려는 거지?"

"……."

"그러다 전부 죽으면? 그다음엔 누가 나서서 그들을 막아야 하냐고!"

사마화인은 집어 든 잔이 가루가 되어 떨어지는 것도 모르고 손에 힘을 주며 소리쳤다.

"네가 하면 되지."

"이이……!"

용악이 담담하게 툭 한마디 내뱉자 사마화인은 참지 못하고 달려들었다. 아니, 달려들려다 거짓말처럼 허공에서 멈춰 섰다. 그리고는 무언가에 밀려 자리에 다시 앉고 말았다.

"이, 이게 무슨……."

"곤이다. 도왕 덕분에 사용할 수 있게 됐지. 네 생각, 나쁘지 않다. 모두들 네가 말한 것처럼 한 것이 사실이니까."

"사실이다? 마치 당신은 그렇지 않다는 듯이 들리는군."

"난 다르다."

"내 눈엔 왜 똑같아 보이지?"

"네 눈이 잘못됐겠지."

"……."

"소소가 용호산에 도착하면 여의단으로 가겠다. 여의단주까지 전부 다 같이 천산으로 간다. 여의단주께 그리 알려."

"정말이오?"

"정말이다. 강호 정의? 나는 그런 거 모른다. 단지 그들은 약속을 어겼다. 대가를 지불하러 간다."

"……."

사마화인은 용악의 지독히 이기적인 대답에 할 말을 잃고 말았다. 차라리 검왕이나 사마중경처럼 대의를 외치는 편이 나았다.

"다르긴 다르군. 후후후."

사마화인의 입에서 조소가 흘러나왔다.

"다르지. 앞으로 자주 보게 될 거야. 먹히지 않으려면 여의단도 신경 많이 써야 할 것이다."

"먹혀?"

"교가 용호산에만 있을 것 같은가?"

"……!"

용악은 지금 천산행에 대한 애길 하고 있지 않았다.

그다음, 천산행 이후 벌어질 혈교와 여의단의 싸움에 대해 말하고 있었다.

"선포하는 거요, 천마?"

"선포는 무슨. 정해진 수순 아닌가? 사람이 모였으면 움직여야지. 막지 못할 것 같으면 피해."

"직접 나서겠다는 거요? 오십 년 전의 혈마처럼?"

"내게 도전해라. 죽음으로 돌려줄 테니. 그것뿐이다."

"……?"

사마화인이 듣기엔 애매한 말이었다.

직접 진두지휘하여 사파일통을 하겠다는 말인지, 아니면 도전하지 않는 한 용악이 끼어들 일은 없다는 말인지.

"지금 당장은 해야 할 일이 있지 않느냐? 가봐."

용악은 생각에 열중하는 사마화인의 상념을 깨뜨려 주었다.

"우린 아직 식사 전이라는 말을 했던가?"

"아……."

투기를 일으켜야 할 정도의 대화를 나누다 갑자기 맥이 풀어진 느낌이 사마화인의 한마디에 모두 담겨 있었다.

"여기 준비한 것들을 내오게."

사마화인은 그제야 주방에서 눈치를 살피고 있는 점소이에게 손짓을 했다.

"나는 그다지 배가……."

"검왕께 내가 안부 전한다는 말은 잊지 말고."

용악은 사마화인의 말을 자르며 가보라는 손짓을 했다. 사

마화인의 평상시 성격 같았으면 불같이 화를 냈겠지만 상황은
썩 여유롭지 않았다.

"황보 소저, 만나서 반가웠습니다."

"저도요."

"하필… 아닙니다."

사마화인은 나가려다 용악을 돌아보며 얼굴을 일그러뜨리
는 것을 잊지 않았다. 한 방 먹이고 싶은 것을 그 말로 대신한
것이다.

황보소소는 부리나케 사라지는 사마화인의 뒷모습을 보며
한참을 웃었다.

"이곳은 또 어떤 음식이 나올까요, 악랑?"

"……."

"용호산의 음식은 어때요?"

용악이 했던 말들을 이해하지 못했을 텐데 황보소소는 아무
것도 묻지 않았다.

"그러지 않아도 괜찮아."

"뭘요?"

"궁금한 게 있으면 물어보면 되잖아."

"궁금한 거요? 음… 없는데요?"

"일부러 그럴 필요 없다니까?"

"아니요. 정말로 안 궁금해요. 악랑이 다 말해주셨잖아요.
천산에 볼일이 있는데 그 일만 마치면 돌아올 거다. 그랬잖아
요."

"걱정 안 돼?"

"하지 말라면서요?"

"그래서 안 한다고?"

"안 해요."

"그래도… 좀 하는 게 좋지 않나?"

"피. 알았어요. 시간 나는 대로 해드릴게요."

"……."

용악은 의외라는 눈으로 황보소소를 쳐다봤다.

그 모습에 황보소소는 배를 잡고 웃기 시작했다.

"이것 참, 나를 놀리는 게 그리 재미있어?"

"다른 사람들은 못하는 거잖아요."

"그럼 나도 다른 사람들이 못하는 걸 해야겠네?"

"……?"

"일단 식사부터 하자고. 후후후."

용악은 슬그머니 황보소소를 곁눈질로 봤다.

그 표정에 담긴 음흉함을 읽은 황보소소는 재빨리 고개를
가로저었다. 하나 싫지는 않은지 모른 척 다른 행동을 했다.

"금방 돌아와."

용악이 지나치듯이 한마디 건넸다.

"이번엔 십 년이나 걸리진 않을 거죠?"

"그때는 할 일이 많았잖아. 이젠 한 가지밖에 없으니 오래
안 걸려."

"믿어요. 악랑이 무슨 말을 해도 저는 다 믿어요."

황보소소의 대답을 끝으로 대화는 멈췄다.

마침 음식이 나왔고, 두 사람은 서로에게 나누어 주며 식사를 했다.

황보소소는 경험을 통해 배운 것은 잊지 않는 좋은 습관을 가진 여인이었다. 용악은 믿음을 배신하지 않았다. 그녀가 기억하는 한은 그랬다.

지금도 억지로 믿는 척하는 것이 아니라 그냥 마음이 놓였다. 용악이 돌아온다고 했으니까. 걱정할 것 없다고 했으니까.

                    *   *   *

여의단 총단.

검왕과 권왕은 사마중경의 호의로 편안하게 지내고 있었다.

가끔씩 서로가 서로에게 던지는 화두로 뒷산이 무너지는 소리가 들리지만 그런 것쯤은 여의단으로서는 영광이었다. 천하의 삼왕 중 이왕이 머물고 있다는 증표이기 때문이다.

사마화인이 심각한 표정으로 들이닥치기 전까지는 그랬다.

"몰랐구나. 도왕이 그런 짓을 할 줄이야……."

사마중경이 침음을 터뜨리며 안타까워했다.

자신에게 이익이 되지 않으면 움직이지 않던 사람이란 것은 알았지만 강호를 육천좌에게 팔아넘기려 할 줄은 몰랐던 것이다.

충격에 할 말을 잃기는 검왕과 권왕 역시 마찬가지였다.

"허허. 도왕… 어찌 그런 일을……."

검왕은 도왕의 행동에 혀를 차며 안타까워했다.

"도왕을… 그 도왕을 천마가 살려주었다는 게 사실인가, 총령?"

권왕의 충격은 용악의 무공에 있었다.

도왕은 권왕 못지않은 고수였다.

그렇다면 일전에는 용악이 봐주었다는 뜻이 아닌가?

권왕은 믿을 수 없다는 눈으로 사마화인에게 좀 더 자세한 대답을 원했다.

"천마의 말로는 그렇다고 합니다, 도왕 어르신. 죽일 수 있었지만 그들 육천좌에게 받은 대로 돌려주기 위해 살려놓았다고……."

"갈!"

권왕이 느닷없이 소리쳤다.

"무슨 일이시오, 권왕?"

검왕은 재빨리 권왕의 음파가 밖으로 새어나가지 않도록 조치를 취한 다음 놀란 눈으로 쳐다봤다.

"천마, 이놈!"

"허허, 왜 그 사람에게 화를 내는지 말을 하셔야 알 게 아닙니까."

"그… 끙……."

권왕은 청죽림에서 용악과 잠깐 겨뤘으며 그 결과는 자신의 패배라는 말을 죽어도 꺼낼 수가 없었다.

"천마의 무공 때문에 그런 것입니까, 권왕?"

사마중경이 권왕의 표정을 읽고서 물었다.

권왕은 대답하지 않은 채 씩씩대기만 했으나, 그것만으로도 사마중경의 예상이 맞았음을 알 수 있었다.

"어떤 점이 권왕의 화를 돋웠는지 말씀해 주실 수 없습니까?"

"놈이… 놈은 그러니까… 그렇게 강할 리가 없소. 도왕이 누구요? 사마 총령, 천마가 멀쩡하다고 했나? 그게 말이 되는가? 도왕을 도망치게 만들 정도면 천마 역시 회복 불능의 상처를 입었어야 하는 게 옳지 않은가?"

권왕의 화살이 갑자기 사마화인에게로 가자 사마화인은 난처한 표정으로 사마중경에게 도움을 청했다.

"뭔가 깨달았을 겁니다. 청죽림에서 그들이 어떻게 죽었는지 알아본 사람은 천마뿐입니다. 눈이 달라진 겁니다. 못 보면 있어도 모르지만, 보이면 어떻게든 형상이 잡히잖습니까?"

사마중경은 처음엔 사마화인에게 향한 화살의 방향을 바꾸려 했다. 하나 설명이 길어지며 당시의 상황을 떠올리니 권왕만큼은 아니더라도 은근히 부아가 치미는 건 어쩔 수 없었다.

"허허허. 맞습니다, 맞아요. 천마 그 사람은 그러고도 남지요. 처음 십천좌와 싸웠을 때 저는 그 사람이 다시는 예전으로 돌아갈 수 없을지 모른다고 생각했습니다. 한데 일 년쯤 지나서 저를 찾아왔지 뭡니까? 어떻게 해야 상처를 치료할 수 있는지 해결 방안까지 찾아왔더이다. 그리고는 현재의 천마가 됐지요. 화내실 일이 아니라 강호의 홍복이라 여겨야 합니다."

"그가 천산에서 내려오면 어떻게 되는 겁니까?"

검왕의 말이 끝나자마자 사마화인이 물었다.

"무슨 말이오, 사마 총령?"

"검왕께서 칭찬하시는 천마가 용호산에 둥지를 틀었습니다. 살아서 돌아왔을 때가 걱정돼서 여쭤본 겁니다."

내전 안에 침묵이 흘렀다.

그 누구도 거기까진 생각하지 못했던 문제다.

"사마 총령, 그 사람이 그런 말을 했소? 총령이 보기엔 어떻소? 그 사람이 예전 혈마 시절처럼 강호를 혈겁으로 만들 것 같소?"

이번엔 검왕이 사마화인에게 질문을 던졌다.

'확실히 천마는 그럴 사람이 아니다. 하나 충분히 그럴 소지가 다분하기도 하다.'

사마화인은 그간 용악과 만났던 순간들을 떠올리며 긍정도 부정도 아닌 애매한 표정을 지었다.

"그는… 먼저 건들지 않으면 손을 쓰지 않기는 했습니다."

사마화인의 대답에 검왕은 인자하게 웃었다.

"너도 구해주었잖느냐."

사마중경이 진지한 표정으로 사마화인을 응시하며 말했다. 분위기와 전혀 어울리지 않는 말이었으나, 그 한마디로 사마화인은 입을 다물고 말았다.

"그 문제는 우리가 살아 돌아오면 그때 고민해도 된다. 또 모르지. 우리의 걱정과는 무관하게 천마가 손을 뗼지도."

"아버지, 조금 전에 제가 드린 말씀은 천마가 제게 한 말입니다. '내게 도전해, 죽여줄 테니', 이렇게 말했다니까요?"

"도전하지 않으면 되겠네."

"아버지!"

"하여튼 알았다."

"예?"

"천산으로 가기 전에 단주 자리나 물려주려고 했더니 안 되겠다. 덜 여물었어. 돌아와서 혹독하게 가르쳐 주마. 그만 가 봐."

사마중경은 사마화인을 한심하다는 듯 바라보고는 고개까지 절레절레 흔들었다.

"허허허. 총령, 그 사람을 적으로 생각하지 말고 친구로 삼게."

검왕은 삐쳐서 돌아서는 사마화인에게 충고를 해주었다.

"알고 있습니다, 검왕 어르신. 한데 문제가 있습니다. 저는 아무 문제 없지만 그는 저를 부하처럼 다루려고 하거든요. 으… 안 되겠습니다. 먼저 나가서 열을 좀 식혀야겠습니다."

사마화인은 객잔에서 당한 것이 다시 떠오르자 입을 일자로 다물고는 밖으로 나가 버렸다.

그 모습을 지켜보는 세 사람의 입가엔 미소가 얹혀졌다.

"천마에게 화가 나는 사람이 많으면 많을수록 좋을 것 같다는 생각이 드는 사람은 저뿐입니까? 하하하!"

사마중경은 뭐가 그리 통쾌한지 내전이 떠나가도록 파안대
소를 터뜨렸다.

젊음이란 모든 것을 이룰 수 있는 원동력이지만 반면에 모
든 것을 파탄으로 이끌 수 있는 쓸모없음일 수도 있었다.

앞으로 사마화인은 크게 성장할 것임을 사마중경은 물론이
고 검왕과 권왕도 알았다. 그렇기에 검왕과 권왕은 사마중경
처럼은 아니더라도 흐뭇한 웃음을 지을 수 있었다.

*　　*　　*

끄이잉.

요란한 소리와 함께 혈교의 총단 문이 열렸다.

"천마를 뵙습니다!"

수백 명이 외쳐도 이보다 클 수는 없었다.

혈교의 모든 사람이 정문으로 들어서는 용악과 황보소소 두
사람을 향해 한쪽 무릎을 꿇었다.

장관도 그런 장관이 없었다.

어쩔 줄 몰라 용악과 사람들을 번갈아 보는 황보소소의 손
을 용악은 자연스럽게 잡고 그들 중앙에 만들어진 길을 따라
걸어갔다.

"주군을 뵙습니다."

기다리고 있던 악승이 거대한 배를 흔들거리며 태사의가 마

련된 광장에서 걸어나왔다.

'규모가……'

정문에서 태사의까지 일직선으로 길이 나 있어 가까운 것처럼 보여도 황보소소의 걸음으로 일천 보는 족히 걸어온 것 같았다.

"주모를 뵙습니다."

악승이 이번엔 황보소소에게 절을 올렸다.

태사의 양쪽에는 의자가 하나씩 더 있었다.

황보소소는 자연스럽게 용악의 좌측에 앉았다.

용악은 태사의에 앉으며 주위를 둘러보다 한곳에 시선을 두었다.

"붐. 제후가 잘 돌보고 있습니다."

용악의 시선이 멈춘 곳은 려군과 완이연이 함께 있는 곳이었다.

"제후, 맞느냐?"

신녀의 재목이 맞느냐는 질문이었다.

"신비한 아이입니다. 여자로서의 자격이 갖추어질 때가 되면 확실히 알 수 있습니다."

"혜……."

완이연은 려군의 말에 배시시 웃으며 장난스런 웃음을 흘렸다.

"말을 하지 못하는 것이 금제였던 건가?"

용악은 완이연의 입에서 목소리가 나오자 이채를 발했다.

"제가 손을 사용하듯이 연이는 눈을 사용하고 있습니다. 생각만 하면 상대에게 뜻을 전할 수 있기에 목소리를 사용하지 않은 모양입니다."

려군이 완이연을 얼마나 많이 생각하는지 알 수 있는 대답이었다.

용악은 만족스러운지 고개를 끄덕였다.

"연아, 필요한 것이 있으면 언제든지 제후에게 말해라. 들어줄 것이다."

[예, 주인님.]

완이연은 빙글 웃으며 대답했다.

용악은 머릿속으로 듣는 완이연의 목소리가 더 예쁘다는 생각과 함께 피식 웃고 말았다.

[제후 언니가 제 목이 곧 트인다고 했어요. 그때는 예쁜 목소리를 들려 드릴게요, 주인님.]

용악은 대답을 웃음으로 대신하고는 자리에서 일어났다.

"대장로, 소소는 이제 내 아내다. 앞으로 소소를 대할 때는 나를 대하듯이 해라."

"붐. 이미 다들 그렇… 게 하겠습니다."

악승은 특유의 장난스런 말투를 쓰다가 용악이 돌아보자 재빨리 고쳤다.

"앞으로 잘 부탁드려요."

"뿌하! 주모, 아무 걱정 마십시오. 이 악승, 목숨이 다할 때까지 주모께 충성을 맹세합니다."

"저 소린 내게도 했어. 습관적으로 하는 말이니까 그냥 들어."

용악이 불쑥 끼어들어 한마디 건네고는 악승이 뭐라 변명하기도 전에 자리에서 일어났다.

"제후, 연이와 함께 소소에게 이곳을 안내해 줘. 악승, 할 말이 있으니 제후 빼고 다 불러라."

"예? 아, 예……."

악승은 미적지근하게 대답하고는 손짓으로 천마십육로를 부르라고 지시를 내린 후 재빨리 황보소소에게 다가갔다.

"지내시던 곳과는 많이 다르겠지만 편안하게 지내셨으면 합니다."

"감사해요, 대장로님."

"별말씀을 다 하십니다. 당연히 해야 할 일인 걸요. 뿌하!"

악승은 황보소소가 별말도 하지 않았는데 과하게 기뻐하며 요란을 떨었다. 황보소소는 자신을 위한 배려라는 것을 알기에 양손을 모르고 공손히 머리를 숙였다.

"어이쿠, 왜 이러십니까? 앞으로는 절대 고개를 숙이시면 안 됩니다. 주군께서 보셨으면 저는 그날로 죽습니다."

"저는 감사해서……."

"주모시잖습니까. 당연하게 받아들이는 것도 주군을 위하시는 일입니다."

악승은 스스로 말을 해놓고도 무척 만족스러운지 볼까지 씰룩이며 좋아했다.

"대장로님, 주모께 교 안내를 해드려도 될까요?"

려군은 가만히 두면 악승이 황보소소를 놓아주지 않을 것을 알기에 나선 것이다.

"제후, 부탁하네."

"…예."

악승의 어울리지 않는 진지한 말투에 려군은 약간 늦게 대답을 하고는 도망치듯 황보소소와 함께 자리를 떠났다.

"주군, 대전이 마음에 드십니까? 너무 편하면 긴장이 풀리잖습니까? 그 점을 고려해 대전 전체를 한빙옥(寒氷玉)으로 채웠습니다. 장로들과 십대마인이 아니면 견디는 것조차 힘들지요."

뒤늦게 대전으로 들어온 악승은 용악의 표정도 살피지 않고 너스레를 떨었다.

"좋다."

"붑. 역시 주군께서 알아주실 줄 알았습니다. 탁자도 역시……."

"악승."

"…예?"

"앉아."

"예."

악승이 자리에 앉자 용악은 사람들을 죽 둘러보았다.

악승, 공투, 황무, 천마십육로.

침묵이 흘렀다.

뭔가 중대한 결정이 나올 것 같은 분위기였다.

"장로들로부터 대충 얘기는 들었을 것이다. 천산에 가봐야 겠다."

"준비하도록 하겠습니다."

악승은 진지하게 대답했다.

"아니, 나 혼자 간다."

"……."

용악의 말이 끝나고 악승의 작은 눈이 끔뻑끔뻑 두 번 감았 다 떠졌다.

"내 일이다."

"주군의 일은 곧 저희의 일이기도 합니다. 준비하겠습니 다."

"악승, 천산이다. 내 싸움이야. 방해하지 마라."

"말이 안 되잖습니까? 주군께선 목숨 걸고 싸우러 가시는데 저흰 손 놓고 기다리라는 겁니까? 안 됩니다."

"누가 손을 놓고 기다리라고 했다는 거지?"

"……?"

"연이가 아직 어려지만 려군이 맡고 있으니 곧 신녀가 될 것 이다. 용호산에만 머물 테냐, 악승? 움직이지 않는 물은 썩는 다. 썩은 물은 죽은 거나 다름없다. 그렇게 되지 않도록… 싸 워라."

빙 돌려 말을 하고 있지만 용악의 말은 간단했다.

혈교 재건!

악승의 작은 눈에 안광이 번쩍였다.

"강호를 저희에게 맡기시겠다는 말씀이십니까?"

"내 모든 건 천산에 있다. 악승, 그곳을 지금 놈들이 유린하고 있다. 오늘 이후 나는 천산마제로 돌아간다. 악승, 내가 다시 돌아올 때까지 려군과 상의해서 교를 잘 꾸려 나가길 바란다."

"주군……."

"앞으로 쭉 그렇게 지내야 할 테니 잘해봐."

"쭈욱… 이라니요?"

"내가 돌아온다고 해서 달라지는 건 없다는 뜻이지, 뭐긴 뭐야. 악승이 교를 잘 운영하는지 감시나 하며 지내면 될 것 같은데, 안 그래?"

용악은 악승을 향해 의미심장한 웃음을 지어 보였다.

조금 전까지만 해도 감동으로 인해 뭔가 속에서 울컥하며 치밀어 오르던 악승의 가슴이 그 웃음 하나로 싸늘히 식고 말았다.

"주군, 주모께선 알고 계시는지……."

"오면서 얘기했어."

"……."

"잘 다녀오래. 내가 한 번 한 약속은 잘 지키는 사람이잖아. 그 점은 악승도 잘 알지 않나?"

"아……."

악승은 긍정도 부정도 아닌 애매한 탄식을 흘렸다.

용악은 한 번 내린 결정을 바꾼 적이 없었다. 그것을 잘 아는 악승에게 남은 선택은 용악의 결정에 잘 순응하는 것뿐이었다.

第十章
오백 년 된 길

천산마제

"서둘러라! 어서!"

여의단 총단의 최정예인 평천대(平天隊)가 바빠졌다.

대주 차여립은 애병인 승천검을 차고 대원들을 내보낸 뒤 바로 튀어나갔다.

'천마라니! 천마가 어째서 총단으로 온 거냐고!'

차여립은 곤륜파의 기대주로 곤륜장문인이 직접 데리고 와 입단시킨 기재였다.

서른둘. 스물에 입단해 지부로 나가지 않고 총단을 지키는 핵심에 이를 때까지 십이 년이 걸렸다.

소문만 무성하게 들었을 뿐 직접 보게 되는 것은 오늘이 처음이다. 심장이 타들어가는 것 같고 싸움을 시작도 하기 전인데 입술이 바짝 말라갔다.

"야, 차!"

차여립이 막 정문을 향해 발을 구르려 할 때, 뒤쪽에서 누군가가 그를 불렀다. 그에게 '차'라고 부를 사람은 오직 한 명, 사마화인이었다.

차여립은 빙글 한 바퀴 돈 후 곧장 부복 자세를 취했다. 스스로 생각해도 멋진 동작이 아닐 수 없었다.

딱!

"윽! 사, 사마 총령님?"

차여립은 갑자기 불똥이 튄 이마를 부여잡고서 아연실색한 눈으로 사마화인을 올려다봤다.

"지금 뭐 하는데?"

사마화인은 친절하게 차여립과 눈의 위치를 맞춰주며 물었다.

"소식 못 들으셨습니까? 이것들이!"

"무슨 소식?"

"천마가 총단 정문 앞에 와 있답니다!"

"알아."

"…예?"

"안다고. 위에서 보니까 무슨 전쟁이라도 벌어진 줄 알았다. 차여립, 머리가 안 돌아가나?"

"……."

"천마가 몇이나 데려왔대?"

"그, 그건 잘⋯⋯."

"혼자 왔다고 들었잖아! 이게 어디서 거짓말을 해?"

"그, 그러고 보니⋯⋯."

"천마가 싸우러 왔는데 혼자 오겠냐? 평천대주 차여립!"

"대주 차여립!"

"빨리 평천대 불러서 안 들어가?"

"알겠습니다."

차여립이 대답하자마자 사마화인은 휑하니 정문을 향해 신형을 날렸다.

차여립은 후끈 달아올랐던 심장이 싸늘하게 식는 것은 물론이고 사마화인에게 찍혔을지도 모른다는 걱정에 한숨이 절로 나왔다.

"하아, 좋다 말았네. 평천대, 모두 숙소로 돌아와라!"

여의단 총단 정문.

영웅건을 멋들어지게 이마에 맨 청년 한 명이 뒷짐 진 채 정문을 올려다보고 있었다.

위사 둘은 청년이 자신의 신분을 밝힌 뒤로 자리에서 꿈쩍도 하지 못하고 언제든 정문 안쪽으로 튈 생각에 여념이 없었다.

그때, 정문이 열리며 기린아라 불리기에 손색이 없는 미남 사마화인이 걸어나왔다.

"오래 기다렸소, 천마."

"들어가자."

"⋯⋯."

"더 기다려야 하나?"

"그럴 사람 같으면 내가 이렇게 달려왔을 리가 없지 않소?"

사마화인은 좀 더 화기애애하게 대화를 나누며 안내하려 했으나, 용악이 그런 걸 바라지 않음을 곧 알게 됐다. 용악은 대꾸도 않고 정문 안으로 걸음을 옮겼다.

"저, 저 성질머리 하고는⋯⋯."

사마화인은 용악이 자신의 앞을 지나치고 나서야 주먹을 불끈 쥐었다. 하나 그다음을 기대하는 위사들의 바람은 일어나지 않았다.

"하하하! 혹시 총단에 와본 게 아니오, 천마? 그렇소. 그대로 쭉 가시면 되오."

사마화인도 정문 안으로 사라지자 덩그러니 남은 위사 둘은 서로 눈을 마주치고 어찌할 바를 몰랐다.

정문 위쪽에서 상황을 지켜보던 감시 위사들 역시 마찬가지였다. 한동안 어리둥절한 표정과 껌뻑이는 눈만이 말없이 오갔다.

그그궁.

정문이 닫혔고, 비밀도 닫혔다.

용악은 사마화인이 안내하기도 전에 알아서 별관 쪽으로 움직였다. 검왕, 권왕, 사마중경. 세 사람 모두와 싸워본 용악이

기에 멀리서도 그들의 기를 느낄 수 있었다.

"천마, 혹시 총단에 와본 적 있는 거 아니오?"

"없다."

"하면 어떻게 세 분이 별관에 계시는 걸 알고 찾아가는 거요?"

"그냥 그럴 것 같아서."

"아니……."

사마화인이 다시 말을 걸려 하자 용악은 훌쩍 신형을 허공에 띄웠다가 별관이라 알려준 전각을 향해 일직선으로 날아갔다.

"검왕을 뵙습니다."

용악은 허공에서 걸어 내려오며 검왕을 향해 포권을 취했다.

"왔나? 허허허, 이젠 자네의 기척조차 알아차리지 못하겠네그려."

검왕은 권왕과 바둑을 두고 있다 자리에서 일어나며 인자한 웃음으로 반겨주었다.

"화인이는 어딜 가고 자네 혼자 왔나?"

사마중경이 용악 혼자인 것을 보고 의아한 눈으로 물었다.

"글쎄요."

용악은 모르는 척 뒤를 돌아봤다.

사마중경은 용악의 시선을 쫓다가 얼굴까지 벌게진 아들을 발견하고는 한숨을 내쉬었다.

평소엔 그토록 똑똑해 보이던 사마화인이 용악만 만나면 이상하게 변하는 걸 한두 번 본 것이 아니었다.

"이해하게. 직책이 총령이다 보니 자네가 온 것을 제대로 보고 받지 못한 모양이네."

"다를 나를 원수처럼 보더군요."

용악은 사마화인이 오면 또 시끄러워질 것 같았는지 화제를 돌렸다.

"그야 자네가 사파의 주인임을 자처했으니 당연한 일 아닌가? 여긴 정파라네."

"좀 더 일찍 올 수 있었는데……."

"얘기 들었네. 도왕이 그랬다고?"

"우릴 천산으로 유인하려고 그랬던 모양입니다. 그들에게 잘 보이려고 한 거죠. 그럴 순 없겠지만."

"그럴 순 없다고?"

"천산에 가면 자연히 알게 됩니다."

용악은 세 명을 향해 담담한 미소를 보였다.

사마중경은 용악이 이전과 어딘가 달라진 것 같은 인상을 받았다. 하나 딱 어떤 점이 달라졌는지 확실히 알지는 못했다.

"허허허, 자네 말투가 바뀌었군. 부드러워졌어. 그동안 무슨 좋은 일이라도 있었나?"

검왕은 단번에 용악의 변화를 눈치채고 물었다.

사마중경과 권왕도 탄성을 터뜨렸다.

용악이 두 사람에게까지 존칭을 사용한 것을 그제야 떠올린 것이다.

"장가가면 저렇게 바뀌는 모양입니다."

뒤늦게 내려선 사마화인이 용악을 쏘아보며 퉁명스럽게 말했다.

"장가? 누구와?"

"누구긴 누구겠습니까, 검왕 어르신. 이미 강호 전체에 다 퍼진 일을요. 황보세가의 황보 소저입니다."

"오!"

검왕은 활짝 웃으며 용악에게 다가가 어깨를 잡았다.

"소소를 생과부 만들지 않으려면 별수없이 가야 할 것 같습니다."

"음? 그건 또 무슨 소린가? 자네 내자를 생과부 만들지 않기 위해 천산으로 가다니?"

"그들이 천산을 내려오면 언제 일일이 잡으러 다니겠습니까? 모여 있을 때 한꺼번에 해결하면 될 것을."

용악으로서는 당연한 생각이었다. 하나 듣는 사람들, 육천 좌의 무공이 어느 정도인지 짐작하는 검왕 등으로서는 결코 웃을 수 없었다.

특히 사마화인은 부글부글 끓는 속을 진정시키기 위해 뒤로 돌아서기까지 했다.

"가시죠. 천산은 제 것이었으니 제가 모시겠습니다."

용악의 목소리엔 자신감이 넘쳤다.

"많은 수를 데려가면 느리기만 하니……."

"우리 넷만 갑니다."

용악이 사마중경의 말을 단칼에 잘랐다.

"그게 무슨 소린가? 그들을 우리만으로 상대하겠다는 건가?"

"데려가 봐야 죽기만 합니다. 죽지 않을 사람만 가야죠. 이곳은… 못 미덥겠지만 아들에게 맡기시고."

용악의 화살이 갑자기 사마화인에게로 향했다.

사마화인은 안 그래도 부아가 치미는 걸 참고 있었는데 용악의 한마디로 폭발하고 말았다.

"이……."

"복안은 있나?"

사마화인이 성난 목소리를 내려는 순간 사마중경이 말을 잘랐다. 근엄한 눈빛의 사마중경을 보자 사마화인은 성난 목소리를 자신의 몸속에서 자체 해결을 해야 했다.

"선공(先攻)."

용악은 조금의 망설임도 없이 대답했다.

"선공?"

"기다리는 자들에게 순순히 응해주는 것만큼 어리석은 일은 없지요."

일리있는 말이었다.

사마중경은 잠시 고민하더니 사마화인을 한쪽으로 불러 뭔가 지시를 내렸다.

"두 분께선 어찌하시겠습니까?"

사마중경이 검왕과 권왕에게 의사를 물었다.

"허허, 저야 어차피 가야 할 곳이었소이다."

"가야지요."

검왕과 권왕은 망설임없이 대답했다.

"알겠습니다. 가시죠."

사마중경은 사마화인을 돌아보며 고개를 끄덕였다.

지시한 대로 하라는 뜻이었다.

사마화인은 갑작스러운 결정에 당황하는 기색을 보였으나 여의단의 후계자로 자란 사람답게 사마중경, 검왕, 권왕, 그리고 용악을 향해 정중히 포권을 취했다.

"여의단의 총령으로서 부탁드립니다. 부디 살아서 돌아오십시오."

사마화인은 진심이 담긴 한마디를 남기고 자리를 떠났다.

아들의 뒷모습이 믿음직스러웠던가?

사마중경은 흐뭇한 웃음을 지었다.

"자, 이제 오백 년 된 길이나 가보시죠?"

용악이 먼저 나섰다.

오백 년 된 길.

검왕 등 세 사람은 용악의 비유에 웃음을 터뜨렸다. 그리고는 용악을 선두로 네 사람의 신형이 허공으로 떠올랐다.

여— 의— 천— 하!

아래쪽에서 우렁찬 함성이 한소리로 밀려 나오며 네 사람을 받쳐 주는 것 같았다.

"허허, 여의단이 아니라 정군산에서 출발할 걸 그랬나 보오."

"돌아오는 대로 문파 하나 세워야겠습니다."

검왕과 권왕이 농담을 주고받으며 사마중경을 부러운 눈으로 돌아봤다.

"다 제가 기반을 잘 닦아놓은 잘못입니다. 하하하!"

사마중경도 지지 않고 농담으로 받아냈다.

가장 앞서 움직이는 용악의 표정만 굳어 있었다.

'일단 세 사람만 움직이게 하는 건 성공했다. 이제 어떻게 흩어놓아야 하나…….'

용악의 몸은 이곳에 있지만 머릿속은 천산, 그것도 정상에 있을 육천좌와의 싸움으로 가득했다.

현재의 검왕, 권왕, 사마중경은 육천좌를 상대하기 힘들었다. 검왕 등과 실력이 엇비슷한 도왕이 그들에게 무형도를 배웠다. 물론 원리만 참고하고 나머진 도왕이 만들었을 것이다.

아주 작은 차이로도 목숨이 좌지우지될 수 있는 것이 무공이다.

'나 혼자서 그들 모두를 상대하는 것은 불가능하다. 그렇다면 세 사람이 그들과 싸울 수 있는 상태로 만들어야 한다. 그런 상태…….'

육천좌와 검왕 등이 싸울 수 있는 상태.

용악은 그 문제를 용호산에서부터 화두처럼 계속해서 생각하고 있었다. 일단은 세 사람을 구슬리는 데엔 성공했다.

이제 남은 것은 세 사람이 아니라 육천좌였다.

세 사람이 그들과 만나기 전에 용악이 먼저 손을 써야 하는 것이다.

강호는 조용했다.

혈교의 준동으로 정파를 추앙하는 문파들은 힘을 합치기에 여념이 없었고, 반대로 사파를 추앙하는 무리는 곧 사파천하가 도래한다며 세력을 키웠다.

용악 등 네 사람은 군상들을 보며 지나칠 때도, 장강을 유유히 건널 때에도, 삭막한 땅인 청해성에 들어섰을 때도 침묵을 지켰다.

사람들이 없는 길로 조용히 움직인 때문인지 네 사람을 알아보는 이들은 거의 없었다.

사마화인이 연락을 취해놓아 여의단의 지부에서만 네 사람을 암암리에 도왔다.

"수많은 강호인의 피가 스며들었던 길을 우린 너무도 쉽게 가는구려."

권왕이 청해성에 들어서며 처음으로 내심을 드러냈다. 마을들을, 장강을, 산을 넘을 때마다 천좌를 몰아내던 사조들의 발자취가 느껴진 탓일 것이다.

검왕은 고개를 끄덕여 권왕의 말에 동조했고, 사마중경은 아스라이 보이는 천산 자락을 만져 보기라도 할 것처럼 손을 뻗었다.

"천천히 오시겠습니까?"

용악은 세 사람과 떨어지며 물었다.

"왜, 들를 곳이라도 있는가?"

검왕이 의아한 표정으로 반문했다.

"천산이잖습니까? 검왕께서도 아시다시피 제겐 특별한 곳입니다."

"뭔가 발견한 게로군."

"여기까지 왔는데 아무도 나타나는 자가 없습니다."

용악은 애써 담담하게 말했으나 서둘러 천산에 오르고 싶은 표정이 역력했다.

"인가 하나 보이지 않는 곳인데……."

"천산으로 가는 길목은 천산 무인들에겐 무척 중요합니다. 천산의 시작이 이곳부터이기 때문입니다. 저 또한 그랬고."

권왕이 무심코 입을 열었다가 용악의 비장한 표정을 보자 입을 닫았다.

"가보시게. 잠시 후에 그곳에서 보세."

"그곳에서."

용악과 검왕만이 아는 장소, 검왕이 천산에 올라 용악과 처음으로 마주 섰던 장소를 뜻했다.

이내 용악이 먼저 천산으로 향했고, 세 사람도 움직였다.

"검왕, 제가 잘못 본 것입니까? 천마가 왜 저리 서두르는지 아시는 것 같습니다만."

"허허허. 권왕, 그건 알고 모르고가 없습니다. 저 역시 정군산으로 가게 되면 먼저 가서 제자들과 지인들을 살폈을 겁니다. 저 사람에겐 이곳 천산이 고향이나 다름없다 합니다. 십여세 때 이곳으로 와 천산마제로 불렸으니… 이곳에 대한 애정이 남다를 수밖에요."

"역시 천산마제가……."

권왕은 알고 있었음에도 고개를 끄덕였다.

탁.

허공으로 떠오른 용악의 신형이 봉우리 끝까지 당겨져 올라간 후 다시 튕겨 올랐다.

천산 중턱까지 오르는 동안 살아 있는 것이라곤 짐승들뿐 사람은 보이지 않았다. 완전히 씨를 말린 것이다.

재도약하기 위해서는 좀 더 멀리 뛰었어야 하지만 용악은 태연하게 골짜기로 떨어져 내렸다.

휘이잉.

그때, 계곡 아래쪽에서 소용돌이가 솟구쳤고, 용악은 자연스럽게 소용돌이를 발끝으로 찍으며 다시 뛰어올랐다.

저 위쪽에서 감시를 하고 있다고 해도 이런 식이라면 알 리가 없었다. 이제 천산 정상까지 봉우리 세 개.

용악은 소리도 기척도 없이 정상까지 단숨에 오르는 방법을 알고 있었다.

정상을 향하던 용악의 신형이 옆으로 미끄러지며 깊은 골로 뛰어들었다. 조금 전의 소용돌이보다 훨씬 강한 것을 만들 수 있는 기류 생성지로 가려는 것이다.

골짜기 입구에 다다른 용악은 팔을 펼쳤다.

휘이잉.

거센 바람을 안고 아래로 아래로 떨어져 내렸다.

사방이 어둠으로 완전한 암흑 세상이 됐을 때, 용악은 아래쪽이 아닌 위쪽을 향해 손을 휘저었다. 그러자 용악의 신형이 허공에서 주춤거리며 멈추더니 이내 엄청난 속도로 솟구쳤다.

순방향으로 올라오는 바람을 막아두었다가 천마등등공으로 저 위쪽 절벽 끝을 끌어당긴 것이다.

*　　　*　　　*

꿈틀.

검좌의 미간이 가장 먼저 좁혀졌다.

뒤쪽에서 올라오는 바람이 지나치게 거칠었다.

이상 기류에 대한 경험이 여러 번 있었기에 바람 소리가 잦아들자 편안한 표정으로 되돌렸다.

그 순간, 여섯 명의 눈이 동시에 떠졌다.

"위!"

누군가 소리쳤고, 여섯 명은 일제히 위를 올려다봤다.

우우웅!

"누구냐!"

순식간에 하늘을 뒤덮는 거대한 백색 빛.

육천좌는 자리에 앉은 채 일제히 양손을 들어 올렸다.

"너희들이 기다리던 천산마제다!"

용악은 여섯 명의 주위가 뿌옇게 변하는 것을 보고 전력을 다해 천마수를 뿌려댔다.

콰콰쾅!

육천좌들이 만들어낸 막은 처음엔 흔들리는 것 같더니 이내 여섯 명을 삼키고 굳건하게 자리를 잡았다.

더 이상 공격해 봤자 안 되는 것을 깨달은 용악은 땅으로 떨어져 내리자마자 곧장 천마등등공으로 측면을 끌어당겼다.

풀썩이며 떠오른 눈들이 용악의 양쪽으로 나비처럼 날개를 펴며 날아가더니 멈췄다.

드드드.

용악에게서 벗어날 준비가 된 눈들이 일제히 비명을 질러댔다.

"가라."

용악이 놓아주자 점점이 박혀 있던 눈들이 일제히 육천좌가 만든 막을 향해 돌진했다.

거대한 굉음이 끊임없이 터졌다.

막에는 조금의 흠집도 나지 않았다.

용악이 다시 허공으로 솟구쳤다.

손에는 빛무리를 감싸고 있었고, 그 빛무리를 양손으로 잡은 채 막을 향해 뚝 떨어져 내렸다.

쾅!

용악의 양손이 막을 때렸다.

이번에도 한 번이 아니라 연속됐다.

막 안에서 용악을 지켜보던 검좌는 그가 웃고 있음을 볼 수 있었다. 그 모습은 마치 언제까지 그 안에 숨어 있을 수 있는지 보자는 것처럼 보였다.

"갈!"

"안 되오, 검좌!"

검좌가 막을 해제하며 용악을 향해 무형검을 휘둘렀다. 그의 손에서 만들어질 때는 작았던 검이 용악의 머리 위로 떨어질 때는 완전한 검의 형태를 갖추고 있었다.

번쩍.

용악의 손에 검좌와는 다른 형태의 무기, 몽둥이에 가까운 것이 모습을 드러냈다.

쾅!

"나왔느냐?"

용악의 입가에 미소가 지어졌다.

의도했던 대로 두들기면 나오게 되어 있는 것이다.

안에 숨어 있을 때는 나오게 하는 것이 힘들었지만 이젠 평형이 깨진 상태였다.

용악은 몽둥이에 닿아 있는 검좌의 무형검을 쳐다봤다. 이미 떨어졌어야 하는 무형검이 옴짝달싹하지 못하고 멈춰 있다.

"되돌려 받고 싶은가?"

용악은 눈을 가뒀다가 풀어주었듯이 검좌의 무형검을 떨어뜨려 주었다.

쿠앙!

검좌는 용악이 어떤 수법으로 자신을 밀어냈는지 날아가는 순간에도 전혀 감지하지 못했다.

턱. 검좌를 받아 든 손은 수좌의 것이었다.

"천산마제, 오랜만이구나."

"나는 너희가 반긴다고 호응해 줄 기분이 아니다."

"왜 그러지? 일 년여 만에 만난 우리가 반갑지 않나?"

"내가 가장 경멸하는 부류가 뭔지 아나?"

"……?"

"약속을 지키지 않는 것들이다, 너희처럼."

용악은 목소리는 나직했으나 여섯 명의 귀엔 천둥처럼 들렸다.

콰콰콰!

용악이 만들어낸 몽둥이, 빛 덩어리라고 하는 표현이 정확한 곤의 변형된 형태가 수좌를 밀어붙였다.

쾅!

수좌는 검좌를 급히 뒤로 돌리며 손을 어지럽게 휘둘렀다. 무형수 하나 하나가 용악에게 꽂혀갔다. 하나 공격에 성공한 수좌의 표정이 썩 밝진 않았다.

접착력 강한 액체에 손이 닿은 느낌이라고 할까? 수좌의 손은 용악을 때릴 때마다 약간의 시간 차를 두고 무형수가 떨어지는 것을 느꼈다.

뒤쪽의 사천좌가 손을 쓴 것은 그때였다.

수좌의 반응이 뭔가 이상했기 때문이다.

쾅!

훌쩍 뒤로 몸을 날리는 용악의 손엔 몽둥이처럼 생긴 빛 덩어리가 사라지고 없었다.

육천좌는 서서히 중앙으로 모여들었다.

그들의 표정에는 놀라움이 담겨 있었다.

갑작스러운 용악의 기습보다 일 년여 전보다 훨씬 강해진 그의 무공에 놀란 까닭이다.

"천산마제, 오랜만이구나."

창좌가 은발을 날리며 한 발 앞으로 나섰다.

그러나 그의 인사는 천산의 바람에 실려 어디론가 날아가 버리고 말았다.

용악의 공격은 아직 끝나지 않았다.

작은 회오리를 일으키며 두 걸음 내디딘 용악이 멈춰 서서 먼지처럼 날리는 눈들을 또다시 허공에 고정시켰다. 양손에는 백색 빛 덩어리를 매단 채.

'왜 저리 날뛰는 거지?'

검좌는 일 년여 전의 용악을 떠올렸다.

건방지기는 했어도 무공 하나만큼은 강했다. 아니, 싸우는 법을 잘 익히고 있었다.

용악은 십천좌를 한꺼번에 몰아붙이다 일부러 한 명을 제외시켜 놓았다. 그러면 그에겐 어김없이 검왕의 천강이 떨어져 내렸다.

지금도 당시를 떠올리면 그 이상 가는 전술은 없었다.

그런 용악이 지금 미친놈처럼 마구잡이로 공격을 퍼붓고 있었다. 몇 번만 지나면 용악은 지칠 테고, 그것은 죽음을 뜻했다.

"자포자기한 게냐? 그렇다면 실망이구나, 천산마제."

검좌의 당혹스러움이 걷힌 눈동자가 유리알처럼 빛났다.

도왕의 몸에 남긴 심검의 흔적 때문에 경계심을 가졌던 스스로가 못나게 여겨질 만큼 한심하게 느껴졌다.

"그런 싸움이라면 얼마든지 받아주마."

검좌의 손에 무형검이 제 모습을 드러냈다.

"손이든 뭐든 전부 잘라주마."

번쩍.

검좌가 무형검을 좌에서 우로 내리긋자 공간에서 백색 반원이 만들어지며 그대로 용악에게 날아갔다.

지켜보는 검좌는 용악의 몸이 사선으로 쪼개질 것을 믿어 의심치 않았다.

그러나 용악의 움직임은 검좌의 생각보다 빨랐다.

천마등등공을 전력을 다해 펼치는 용악에게 탄력이란 무의미했다. 허공을 눈으로 당기고 당겨진 허공에 벽을 만들어 방향을 바꿨다.

퍽!

용악이 사선으로 날아오는 백색 기운의 측면을 때리며 낸 소리였다. 황당하게도 백색 기운은 터지지도 용악의 손을 자르지도 못했다. 나무 막대기와 주먹이 부딪치기라도 한 것 같은 소리.

"……!"

검좌는 어이없는 표정으로 부러지는 무형검의 잔영을 쳐다봤다.

"검좌!"

"……!"

수좌의 외침에 검좌는 재빨리 무형검을 좌측으로 돌렸다. 파고드는 용악을 물러서게 할 요량이었던 것이다.

그러나 용악은 무형검이 다가오는 것을 보면서도 계속해서 다가왔다.

텅! 콱!

"억!"

용악은 무형검을 때려낸 것도 모자라 검좌의 옆구리에 손을 밀어 넣었다.

공격은 끝이 아니었다.

쾌액!

검좌의 옆구리에 닿아 있던 손이 위로 솟구치며 얼굴까지 노렸다.

검좌는 그제야 낯빛이 변했다.

초절정의 고수에게 용악은 대놓고 박투를 펼치고 있었다.

검좌는 이런 일이 어떻게 가능한지 생각할 겨를도 없이 낮게 신음을 토했다.

'이 공격이 성공하면……!'

용악은 검좌의 얼굴에 한 방 먹일 수 있음을 추호도 의심하지 않았다. 하나 상대해야 할 사람은 검좌 혼자가 아니었다.

펑!

용악의 어느 한 부분을 때린 것이 아니라 밀어내는 공격이었다.

용악은 검좌에게서 떨어지며 인상을 썼다.

아쉬움이 남는 탓이다.

팟!

용악의 바로 옆으로 백색 은비늘이 지나쳤다.

창좌의 무형창이 용의 형태로 펼쳐진 것이다.

조금만 뒤쪽에서 멈춰 섰다면 무형창이 어디를 꿰뚫었을지 몰랐다.

"아쉽구나. 이젠 좀 얌전해져야지?"

"이제 시작인데?"

용악은 언제 멈춰 섰느냐는 듯 다시 맹렬하게 발을 굴렀다.

따당!

용악의 손에 부딪친 무형기가 기이한 소리를 냈다.

그 모습에 창좌는 물론 다른 오천좌 역시 놀람을 숨기지 않았다.

무형기가 저런 소리를 낸다는 것은 용악 역시 같은 유의 힘을 가지고 있다는 뜻이었기 때문이다.

'그걸 왜 몰랐지?'

육천좌의 머릿속에 용악이 나타난 뒤의 상황들이 모두 떠올랐다.

검좌의 무형검을 막아냈을 때는 심검이라 그럴 수 있다고 여겼지 설마 같은 유의 힘이라고는 상상도 하지 못한 것이다.

"심검이 아니구나."

창좌는 용악이 발휘하는 힘의 근원에 대해 짐작을 하면서도 부정하고 싶은 마음에, 아니라고 부정했으면 하는 바람에 한 말이었다.

"우리가 알게 된 이상, 더 이상 날뛰게 할 순 없지."

창좌가 무형창을 길게 늘어뜨렸다.

다가오는 용악을 향해 겨눴고, 그대로 날렸다.

아주 단순하면서도 간단한, 이전의 공격과 하나도 다르지 않은 공격이었다. 하나 공격을 받아내야 하는 용악의 입장에서는 그렇지가 않았다.

창좌는 무형창을 날린 것에 불과하지만 검좌의 무형검이 따라붙었고, 무형수가 그 뒤를 엄호하고 있었다.

쾅!

용악의 어깨가 들썩였다.

무형창이 아직 닿기도 전이었다.

'아직.'

용악은 이를 악물고 더 빨리 앞으로 전진했다.

거대한 바위를 끌어안은 것 같은 압박이 전신을 눌렀다. 그럴수록 용악의 양손은 더욱 빛을 뿌렸고 양발은 땅을 밀어내며 앞으로 나아갔다.

'동요가 느껴진다.'

지켜봐야 할지 아니면 손을 써야 할지 고민하는 것이다.

용악은 지금이 바로 결정을 내려야 할 순간이라고 생각했다.

'지금!'

쾅!

용악이 서 있는 바닥이 거대한 균열과 함께 폭발을 일으켰다.

그제야 손 놓고 있던 삼천좌도 나섰다. 용악을 향해 자신들의 무형기를 발출한 것이다.

삼천좌의 힘만으로도 계속 밀리기만 하던 용악의 얼굴에 안도의 빛이 떠올랐다.

여섯 명의 합공, 그것도 무형기란 무시무시한 위력의 힘이 더해졌음에도 의도한 상황이기에 용악은 안도할 수 있었다.

우우웅.

용악의 손과 육천좌의 힘이 맞닿은 곳에서 기음이 일었다.

'이제 나와도 된다.'

용악은 핏기가 사라진 얼굴로 양손을 통해 무언가를 내보냈다.

용악의 손에서 빠져나온 백색 빛무리는 육천좌의 무형기를 순식간에 그물처럼 감쌌다.

파— 학—!

천산 정상이 온통 빛으로 가득했다.

그것은 육천좌가 내뿜던 것보다 훨씬 강렬한 백색을 띠었다.

콰콰콰콰!

조금 전의 충돌로 무너진 데다 지금의 폭발로 인해 천산 정상이 모습을 감췄다.

                    *   *   *

"헛!"

천산 정상의 거대한 빛의 폭발을 가장 먼저 발견한 사람은 검왕이었다.

"어째서?"

사마중경은 용악의 무모한 행동에 장탄식을 터뜨렸다. 세 사람을 따돌린 이유가 혼자서 육천좌를 상대하기 위함이었던 것이다.

그러나 이유가 없었다.

저럴 거면 처음부터 혼자 올 것이지 왜 함께 왔단 말인가?

"일단 올라가시지요."

사마중경은 뇌정보를 극성까지 끌어올려 천산 정상으로 향했다. 굉음과 함께 날아가는 사마중경의 양쪽으로 검왕과 권왕이 어렵지 않게 따라붙었다.

*　　　　*　　　　*

용악은 육천좌와 대치상태에서 한참이나 밀려나 있었다. 바닥에는 두 개의 긴 줄이 그어져 있는데 그것은 용악의 양손에 의해 만들어졌다.

양손을 땅에 박은 채 용악은 움직이지 않았다.

조금 전의 폭발로 천산 정상은 전각 오, 육층 높이 정도는 낮아졌다.

"컥!"

웅크리고 있던 용악이 몸을 일으키다 갑자기 피를 한 움큼 토했다. 하나 용악이 내상을 입었다는 것을 알면서도 육천좌 중 누구 한 사람도 공격을 가하지 못했다.

육천좌 역시 상당한 충격을 받은 것이 분명했다.

용악은 입 안의 피를 바닥에 뱉고는 육천좌를 훑어봤다. 그리고는 히죽 웃으며 손을 들어 그들을 가리켰다.

"이제 공평해졌나?"

용악은 알 수 없는 질문을 던졌다.

"공평? 우리의 무형전신은 깨졌지만 너 역시 그 이상한 것을 사용하지 못하게 됐잖느냐? 우린 여섯이고 너는 혼자다."

창좌가 은발을 흩날리며 용악을 비웃었다.

"누가 나 혼자 왔다고 했지?"

"……!"

"다들 나오시죠."

용악이 뒤를 돌아봤다.

육천좌는 당황한 눈이 되어 용악의 뒤편을 노려봤다. 하나 그곳에 모습을 보인 사람은 없었다.

"천산마제, 예전의 그 모습은 어딜 가고 잔꾀나 부리는 거냐?"

"나는 예전이나 지금이나 똑같다. 잔꾀 같은 건 부리지 않아."

용악이 창좌를 향해 돌아섰다.

여전히 용악의 뒤쪽에는 아무도 나타나지 않았다.

"시간을 벌 속셈이냐? 그 시간이면 우리도……."

창좌가 용악을 다시 한 번 비웃으려 할 때였다.

"이 사람, 왜 이런 짓을 한 게야!"

검왕이 불쑥 모습을 드러내더니 용악의 옆에 섰다.

권왕과 사마중경 역시 뒤따라 올라왔다.

"사 대 육. 비슷해진 것 같은데?"

용악이 이번엔 창좌를 향해 비웃음 담긴 질문을 건넸다.

"검왕!"

육천좌는 검왕을 보고 이를 갈았다.

第十一章
그대, 힘을 원하는가?
그렇다면······.

천산마제

"이렇게까지 해야 할 줄은 몰랐소. 그분의 힘을 얻었음에도 무형전신까지 펼쳐야 할 줄이야……."

무형기를 사용하고도, 육천좌가 모두 나섰음에도 불구하고 용악을 죽이지 못했다.

검좌는 자신의 눈앞에 펼쳐지고 있는 상황을 도저히 이해하지 못했다. 그의 상식으로는 말이 되는 상황이 아닌 까닭이다.

"무형전신?"

용악이 이채를 발하며 검좌를 쳐다봤다.

"그렇다, 무형전신. 그분께서 우리에게 주신 두 번째 힘이다. 인간의 몸에 일천 개의 세맥이 존재한다는 것은 알고 있겠지? 하지만 그 일천 개의 세맥을 하나로 모을 수 있다는 사실은 몰랐을 것이다. 일천 개의 세맥을 하나로 모으고 팔만 사천 개의 모공을 통해 그 힘을 내보내면······."

검좌는 말을 흐리며 묘한 기운으로 전신을 감쌌다.

그러자 다른 오천좌의 몸 역시 뿌옇게 흐려졌다.

"무형전신이 된다."

"일천 세맥을 하나로 모은다고? 당신들이 갓 태어난 아이들로 돌아가기라도 한다는 건가?"

사마중경은 코웃음 치며 검좌의 말을 부정했다. 하나 육천좌의 몸에서 변화가 시작되자 할 말을 잃고 말았다.

"그런 거라면 이미 봤다. 뭐라고 하더라··· 아! 소흘지체! 그런 것과 비슷한 건가?"

"소흘지체? 그게 뭐지?"

검좌는 처음 듣는 이름인 듯 고개까지 갸웃거렸다.

"무형전신과 무형기. 두 개가 무슨 상관이 있지?"

"무형전신은 무형기에서 파생된 형태다. 그분이라면 이런 구분은 필요도 없지만······."

"그분?"

용악이 눈을 빛냈다.

"우리를 만들어주신 분이시다."

"천좌로군."

"······."

검좌는 긍정도 부정도 하지 않았다.

"그는 어디 있지?"

용악이 불쑥 물었다.

'그가 아직 살아 있다는 뜻인가?'

대화를 듣고 있던 사마중경의 눈이 크게 치떠졌다.

용악의 질문을 조금만 달리 해석하면 엄청난 의미가 담겨질 수 있었다, 이들에게 능력을 준 누군가가 아직 살아 있을 수 있다는.

'이들만으로도 승부를 짐작할 수 없는데, 뒤에 더 있다? 허!'

"그자는 너희들이 죽어야 나오는 건가, 아니면 나올 수 없는 건가?"

"후후후. 천산마제, 역시 너는 경이로운 존재다. 열 명이던 우리를 여섯으로 만든 것도 모자라 불과 일 년여 만에 무형기까지 깨뜨리다니 말이다."

"내가 경이로운 것이 아니라 너희들을 만들어낸 자가 경이로운 거겠지. 아니, 괴물이라고 해야 하나?"

"괴, 괴물! 감히!"

파바밧!

육천좌의 몸에서 빠져나온 기운이 용악을 향해 쏟아졌다. 그 여파로 검왕, 권왕, 사마중경은 급히 호신강기를 일으켜야 했다.

"어디 있느냐, 그자는?"

거센 압력이 쏟아지는 데도 용악은 오히려 한 걸음 앞으로 내디뎠다. 지금 용악의 한 걸음에는 많은 것이 담겨 있었다.

"그분이 어디 계신지 알고 싶다고? 그럴 리야 없겠지만 만약이라도 우리를 이긴다면 알려주마."

"검좌!"

뒤쪽에서 오천좌가 일제히 검좌의 말을 막으려 했다.

"어차피… 더는 돌아갈 수 없소."

검좌의 단호한 대답에 오천좌의 입도 닫혔다.

스스스.

여섯 명의 전신이 서서히 투명해져 갔다.

'허!'

검왕은 육천좌의 모습을 보며 속으로 장탄식을 터뜨렸다. 이들은 일 년여 전에 만났던 자들이 아니었다. 검왕조차 위화감이 들 정도로 강해졌다.

한데 이들을 만들어낸 자가 더 있다고 한다. 탄식을 터뜨릴 수밖에 없는 것이다.

'언제든 강호에 모습을 드러내기만 하라고 생각했던 것이 얼마나 교만이었던가? 허허.'

권왕 역시 허탈감에 어찌할 바를 몰랐다.

이런 자들이 열 명이었다고 했다. 용악과 검왕이 어떤 싸움을 했을지 상상만으로도 그 처절한 감정이 전해지는 것 같았다.

"아! 도왕은 어떻게 했지?"

용악이 갑자기 엉뚱한 질문을 했다.

"후후후. 도왕의 시체는 저 아래 어딘가에서 금수들의 배를 불려주고 있을 것이다."

검좌의 손으로 여겨지는 백색 기체가 절벽 아래를 가리켰다.

"그래서 심검이라고 했던 거군."

"그래, 그래서 심검이라 생각했다."

"심검이 아니었다."

"그래, 아니더군. 지금부터 우리가 사용할 무공은 심(心) 안의 칼이다."

"심 안의 칼? 이름은 그럴듯하군. 무형기보다 센가?"

용악의 대수롭지 않은 한마디였다.

그러나 검좌와 오천좌는 결코 그냥 넘길 수 없는 말이기도 했다.

'무형기보다 세냐고?'

검좌는 웃지 못했다.

용악에게 무형기를 상대하던 빛무리보다 더 센 무공은 없을 텐데도 신경이 쓰였기 때문이다.

"이제 우리에게 맡기게."

검왕이 검을 뽑으며 용악의 앞으로 나왔다. 그러자 그의 양쪽으로 권왕과 사마중경이 나란히 섰다.

"자, 다시 해볼까?"

용악은 세 사람 사이를 빠져나오며 육천좌를 훑어봤다.

무형기가 사라진 육천좌는 그리 위협적이지 않았다.

무형기를 깨뜨려 놓은 것이 적중했던 것이다.

쉭.

무언가 움직였다.

용악은 어떤 공격인지 확인할 겨를도 없이 손을 들어 막았다.

쾅!

"큭!"

묵직한 굉음이 터지며 용악이 뒤로 밀렸다.

"괜찮나?"

'혼자서 상대하는 건 무리다.'

무형기와 곤의 싸움과는 또 달랐다.

조금 전 싸움이 검 대 검의 싸움이었다면 지금은 맨 주먹으로 치고받는 박투였다.

천마벽으로 전신을 보호하고는 있지만 육천좌의 무형전신은 천마벽으로도 감당 못할 위력이 담겨 있었다.

"온다!"

용악이 정면을 노려보며 소리쳤다.

순간, 누군가가 용악을 뒤로 밀치며 막아갔다.

쾅!

"끄음……."

이번엔 검왕의 입에서 신음이 흘러나왔다.

'결정을 내려야 한다.'

용악은 이를 악물었다.

검왕 등과 함께 싸운다면 시간은 끌 수 있겠지만 저들 여섯의 합공을 언제까지 막을 수 있다는 보장은 없었다.

"일각만."

용악은 검왕만 들을 수 있는 작은 목소리로 입을 열었다. 검왕의 고개가 미미하게 끄덕여졌다.

뒤로 물러선 용악은 호흡을 가다듬었다.

무형전신이 된 육천좌의 첫 공격을 막았을 때 느낌이 왔다, 곤이 돌아오고 있음을.

아직은 곤을 어떻게 재생시켜야 하는지조차 모르지만 일각 안에 해답을 찾아야 했다.

그때, 정신을 집중해도 모자랄 상황에 용악의 이성을 마비시키는 광경이 보였다.

검왕의 신형이 허공으로 떠오르며 검봉에 응축된 빛무리를 모으고 있는 것이 아닌가?

권왕과 사마중경이 육천좌를 공격하는 동안 천강을 준비하려는 것이다.

'안 돼!'

육천좌가 그 정도의 시간을 허락할 리가 없었다.

검왕을 향해 달려드는 자를 봐야 했다. 아니, 보여야 했다. 안 그러면 검왕은 죽는다.

팟!

용악의 신형이 자리에서 사라졌다가 검왕의 좌측에 나타났다.

"무슨……."

당황한 검왕이 용악을 놀란 눈으로 바라봤다.

용악은 대답할 겨를도 없이 손을 뻗었다.

천마벽으로 보호하고 있다고는 해도 현재 상태로 육천좌 중 한 명의 공격과 부딪친다는 것은 무리였다. 그것을 알면서도 용악으로서는 선택을 할 수밖에 없었다.

퍽!

'응? 왜 이리 쉽게…….'

용악은 충격 대신 무언가 손에 잡히자 의아한 눈으로 쳐다봤다. 더욱 놀라운 일이 일어났다. 용악의 손에 잡힌 인영을 감싸고 있던 백색 기체가 사라지고 있는 것이다.

육천좌 중 가장 머리칼을 길게 기른 창좌였다.

창좌는 찢어져라 눈을 크게 치뜬 채 용악을 보고 있었다. 용악에게 아직도 그 정도의 힘이 남아 있다는 사실이 믿기지 않는 것이다.

"나도 믿기 힘들다."

용악은 자신의 손을 내려다봤다.

은은하게 빛이 흘러나오고는 있지만 곤이 몸을 감싸고 있을 때와 비교하면 미약하기만 했다.

내상으로 속이 울렁거리던 것도 사라졌다.

용악은 창좌의 머리를 잡은 채로 땅으로 내려섰다.

콰콰쾅!

검왕, 권왕, 사마중경은 육천좌 중 세 명을 상대로 그야말로 혈전을 벌이고 있었다.

'둘은… 뒤구나.'

용악은 창좌를 잡고 있는 반대쪽 손을 뒤로 뻗었다.

턱.

용악의 손에 무언가 잡혔다.

역시나 이번에도 무형전신이 사라지며 수좌 본래의 모습이 나타났다.

"어, 어떻게……."

"너도 지금이 기회라고 생각하나?"

용악은 수좌의 말을 자르며 허공을 향해 물었다.

그러자 허공에 무형전신을 푼 검좌가 모습을 드러냈다. 용악을 바라보는 그의 눈은 텅 비어서 허무하게까지 느껴졌다.

"연극을 했던 건가?"

피를 토하던 용악의 모습에 대해 묻는 것이다.

"실제로 내상을 입었다."

"입었다?"

"곤은 부서지지 않는다는 것을 몰랐을 뿐이다."

"곤……."

"천마의 곤이라 불리는 무형의 힘이다."

"같은 무형기인데……."

"다르지. 너희의 무형기는 일회성이지만 곤은… 내가 존재하는 한 영원하니까. 나도 지금에서야 알았다, 너희 덕분에."

용악은 양손에 잡힌 육천좌 중 둘을 내려다봤다.

무형기를 사용할 때는 그토록 강하게 느껴지던 이들이 지금은 나약하기만 한 존재들로 전락됐다.

퍼퍽!

육편이 고스란히 바닥을 적셨다.

"곤을 보여다오."

검좌는 자신의 눈앞에서 시체가 된 두 천좌를 보며 자신의 운명을 결정지었다. 저항은 무의미하다는 것을 안 것이다.

"그분은… 저곳……."

검좌는 시선을 돌려 천산 너머 어딘가를 가리켰다.

"잘 가라."

용악은 고개 돌린 검좌의 손끝을 바라본 후 짧게 대답해 주었다.

뚝.

검좌의 허리에서 핏방울이 떨어졌다.

두 번째 핏방울이 바닥을 적실 때 검좌의 몸도 반으로 나뉘었다.

툭.

허무한 결과였으나 용악은 세 천좌의 죽음에 그 어떤 의미도 부여하지 않았다.

"천산에서의 삶과 죽음은 나 천산마제만이 결정할 수 있다."

용악은 세 구의 시체를 등 뒤로 하고 아직도 싸우고 있는 검왕 등에게로 향했다.

쾅!

묵직한 굉음과 함께 가쁘게 숨을 쉬는 권왕이 보였고, 뇌전을 불러 머리를 관통시키는 사마중경도 보였다. 그리고 천강의 비.

검왕은 서 있기도 힘든지 검을 의지해 섰다.

세 사람 모두 자신들의 싸움을 끝낸 것이다.

"고생들 하셨습니다."

"우리가 무슨. 자네가… 다 했지."

검왕이 고개를 절레절레 흔들며 용악의 뒤쪽에 있는 시체들을 눈으로 가리켰다.

"강호로 돌아가시면 뭘 하실지 생각들 해두셨나요?"

"천마, 지금 그런 얘길 해야겠나? 그런 얘길랑 나중에 하세."

사마중경이 힘들어 죽겠는데 일단 좀 쉬자는 눈으로 용악의 질문을 피해가려 했다.

"앞으로 어떤 싸움이 일어나도 저는 교의 일로 나서는 일은 없을 겁니다."

"……?"

사마중경은 용악의 갑작스런 말에 눈을 동그랗게 떴다.

"당연히 세 분도 그러셔야지요. 이곳에서 세 분의 싸움은 끝내셨잖습니까? 그렇지 않습니까?"

"지금 우릴 협박하는 건가?"

사마중경이 흥미롭다는 눈으로 용악을 쳐다봤다.

"그렇게 들렸다면 그런 거겠지요."

"이보게, 천마!"

"싸움은 어차피 계속 일어날 수밖에 없습니다. 하나 그 싸움은 제 싸움이 아닙니다. 세 분의 싸움도 오늘로 끝내셨으면 좋겠군요."

"이보게! 자네 정말… 마음에 들어! 그거야말로 내가 하고 싶은 말이었네. 하하하!"

사마중경이 자리에서 벌떡 일어나 파안대소를 터뜨렸다. 천산으로 오기 전에 사마화인이 했던 말도 있고 이곳에서 보인 용악의 신위도 있고.

그 어느 쪽도 사마중경에겐 부담이 아닐 수 없었던 것이다.

"검왕께선 어찌 생각하십니까?"

"허허허. 뭘 묻나. 난 자네가 하자는 대로 함세."

"나는 혼잘세. 그런 사람에게 할 질문은 아닌 것 같군."

권왕은 용악이 묻기도 전에 대답하고는 홱 돌아앉았다.

"다 된 것 같으니 그럼 이제 저는 제 싸움을 마무리 지으러 가야겠네요."

"그게 무슨 소린가? 자네만 보낼 수 없네. 나도 함께 가세."

검왕이 검을 들며 용악에게 다가오려 했다.

"검왕께선 여기까지십니다. 이제부턴 제 싸움이라고 말씀드렸잖습니까. 다녀오겠습니다."

"허……."

"나중에 정군산으로 찾아뵙겠습니다."

용악은 검왕과 권왕, 사마중경에게 차례로 포권을 취하고는 검좌가 죽기 전에 가리킨 방향으로 신형을 날렸다.

용악은 최대한 천천히 걸었다.

하얗고 하얀 길을 지나니 더 하얗고 하얀 길이 나왔다. 천산에 그토록 오랫동안 있었으면서도 처음 보는 하얌이었다.

한참을 더 걸었다.

검좌가 알려준 대로라면 분명 이 근처가 맞아야 하는데 모옥 한 채 보이지 않았다.

용악이 만나러 가는 자가 천좌 본인인지 그의 후예인지 알지 못한다고 했다. 아니, 검좌는 천좌란 이름을 낯설어했다.

다른 이름으로 불렸던 모양이다.

용악은 주위를 둘러보다 다시 발걸음을 떼었다.

천산 정상보다 더 날카롭고 차가운 바람이 쉴 새 없이 모였다가 사라지길 반복했다.

"여긴!"

용악이 갑자기 제자리에 우뚝 서더니 좌우를 빠르게 살폈다. 여전히 사방은 하얗기만 했으나 용악의 감각은 처음 온 길이 아니라고 알려주고 있었다.

바람이 닮았다, 지나온 어딘가에서 맞아본 바람이.

"그만 나오지그래."

용악의 목소리가 낮고 깊게 깔려 하얗기만 한 주위를 훑고 더 멀리까지 갔다.

그러나 그 어디에서도 기척은 없었다.

용악이 전신 감각을 극한까지 끌어올려도 결과는 마찬가지였다.

텅 빈 공간.

하얗기만 한 공간.

용악은 발끝을 내려다봤다.

모르고 지나쳤을 수도 있었다.

발아래에는 아무것도 없었다.

십 장, 이십 장······.

용악의 시선이 무려 삼십여 장 뒤쪽까지 닿았다.

그리고 특이한 것, 분명 사람이 아닌 특이한 물체를 발견했다.

백색 잎을 가진 꽃.

줄기에서 벌어진 잎조차 연한 하늘빛이었다.

"어째서 못 봤지?"

멀리서 보면 눈과 일색이라 지나칠 수 있지만 용악은 계속해서 움직였다. 어쩌면 지나온 길이었을지도 모른다.

용악은 천천히 꽃을 향해 다가갔다.

이번엔 눈 위에 발자국을 남겼다.

"응?"

용악이 퍼뜩 정신을 차렸다.

어처구니없게도 꽃을 보며 걸었는데 그냥 지나치고 만 것이다.

"이럴 수가……."

용악은 자신이 걸어온 발자국을 돌아봤다.

불과 몇 걸음 걷지 않은 것 같은데 용악의 발자국은 무려 오십여 장 가까이 찍혀 있었다.

놀라운 것은, 꽃 주위 십 장 안쪽에는 발자국이 사라져 있다는 것이다.

'곤.'

용악은 곤을 떠올리며 손바닥을 펴 꽃을 가리켰다.

그러자 거대한 백색 빛이 용악의 몸에서 빠져나와 꽃 주위를 감쌌다.

이제 손을 꾹 오므리기만 하면 끝이었다.

꽃도 땅도 한순간에 형체도 없이 사라질 것이다.

그러나 용악이 막 손을 오므리려 할 때 꽃 주위에서 빛이 일었다. 그 빛은 퍼졌고, 용악이 곤으로 감싼 공간과 맞닿았다.

드 ― 드.

진동이 일었다, 땅이 아닌 용악의 곤과 꽃이 내뿜은 빛의 충돌로 인한 공간에서.

용악은 두 눈으로 보고 있으면서도 믿지 않았다.

곤의 힘은 이미 육천좌를 통해 확인된 초자연적인 신비이기 때문이다.

꾹!

용악은 손에 더욱 힘을 주었다.

꽃 주위 십 장을 감싼 곤은 더 이상 줄어들지 않았다.

'네가 천좌로구나.'

용악은 꽃이 평범한 꽃이 아니라 천좌의 힘이 고스란히 담긴 힘이란 것을 깨달았다.

곤을 얻기 전이라면 믿지 않았을 힘.

또 다른 신비가 나타난 것이다.

일각이 지나고 반 시진이 지나도 두 신비의 대결은 끝나지 않았다.

벽을 세우고 싶었다.

어떻게 하면 벽을 세울 수 있는지 태산에서 깨닫자마자 천산으로 향했다.

더 많은 벽을 세우기 위해 목숨 걸고 싸웠다.

만 개의 벽을 만들게 됐을 때에야 무공을 완성했다고 여겼다.

만 개의 벽을 깨뜨릴 자가 없을 줄 알았건만 나타났다, 그것도 열 명이나.

벽은 깨지기 위해 세우는 것임을 알게 됐다.

천마수를 버렸고, 곤을 얻었다.

벽을 없애면 깨질 것이 없으니 새로운 완성에 기뻐했다.

그런데 이번엔 사람도 아닌 것이 막아선다.

용악이 지금까지 얻은 모든 것이랄 수 있는 곤을 여유롭게, 아니, 사람이 아니니 어떤 상태인지는 몰라도 막아내고 있었다.

용악은 서서히 손에 힘을 풀었다.

꽃을 향해 다가갔다.

곤과 대치하고 있는 빛무리 앞까지 갔다.

"…찮아."

용악은 고개를 끄덕였다.

곤과 대치하는 힘.

괜찮았다.

하늘과의 경계가 분명히 그어진 빛무리의 윤곽을 보고 다시 고개를 끄덕였다.

인정한 것이다.

팟!

용악은 펴고 있던 손을 뗐다.

동시에 곤과의 교감도 풀었다.

그리고 돌아서서 천산 쪽으로 걸음을 옮겼다.

"누가 이기나 한번 해보자, 천좌! 하하하!"

용악의 웃음이 잦아들수록, 꽃과의 거리가 멀어질수록 꽃 주위를 감싸던 빛무리 역시 줄어들었다.

용악이 완전히 모습을 감췄을 때, 꽃은 그 자리에 그대로 백색 잎을 떨며 서 있었다.

그대, 천좌의 힘을 얻으려 하는가?
그렇다면 천마의 곤부터 깨라.
그럴 수 있다면.

〈천산마제 완결〉

저작권 보호!!

장르문학의 성장에 힘이 되어주십시오.

저작물의 무단 전재와 복제, 불법 다운로드!
이것은 관심이 아니라 무관심입니다!

작가님들은 창의적 열정과 시간을 투자해 자신의 꿈과 생계를 유지합니다.
한 권의 책을 만들어 많은 사람들은 자신의 인생과 미래를 설계합니다.

저작물 속에는 여러 사람의 노력과 희망이
담겨 있습니다!

저작물의 무단 전재와 복제, 불법 다운로드는 여러 사람들의 꿈과 생계를
위협함으로써 장르문학을 심각한 상황에 빠뜨리고 있습니다.

이제는 무관심이 아니라 관심으로 장르문학의
성장에 힘이 되어주세요.

[도서출판 **청어람**은 항시적인 저작권 보호를 통해 장르문학과
여러분의 희망을 지키겠습니다.]

도서출판 **청어람**

조종호 新무협 판타지 소설

十變化身

십변 화신

"너는 죽는다."

"……!"

뇌서중은 자신도 모르게 번쩍 고개를 치켜들어 뇌력군을 올려다봤다.

"다시 말해주랴? 난호가 망혼곡에 들어가면 네놈은 반드시 죽는다."

비밀에 싸인 중원 최고의 살수문파 망혼곡(忘魂谷).
그곳에서 십 년 만에 돌아온 화사명은 기억을 지우고
평화로운 삶을 꿈꾸지만,
주위엔 가문을 위협하는 자들이 존재하고 있었으니……

그의 손엔 망혼곡 삼대기문병기
용편검(龍鞭劍), 명혼기수(冥魂起手), 엽섬비(葉閃匕).
얼굴엔 서로 다른 열 개의 괴이한 가면.

망혼곡주 십변화신!
그가 일으키는 폭풍의 무림행!

Book Publishing CHUNGEORAM

유행이 아닌 자유추구 ─
WWW. chungeoram.com

백야 新무협 판타지 소설

醉佛狂道
취불광도

「무림포두」, 「염왕」의 작가 백야!
그가 칠 년 동안 갈고닦아 온 역작 「취불광도」!

강호 일신(一神), 검신 한담(邯覃).
오직 검 한 자루로 무림을 지배하고 다스리는 인물.
강호를 지배하는 또 하나의 손, 또 하나의 검······.

기이한 파계승의 손에서 자란 나정은 스승과 함께 떠난 무림행에서
이십 년 전의 혈난을 만들어낸 금단의 무공을 만나게 되고······

그에게 잠재되어 있던 거대한 힘이 운명의 안배에 따라 깨어난다!

어린 동자승, 나정이 만들어가는 무림 기행!
또 하나의 전설이 이제 시작된다!

Book Publishing CHUNGEORAM

유행이 아닌 자유추구 -
WWW.chungeoram.com

無籍門主
무적문주

눈매 新무협 판타지 소설

강호가 혼란할 때마다 나타났던 전설의 문파
강호인들은 그들을 무적문이라 부른다.

마도천하의 시대. 명문정파 비검문은 유일한 계승자인 설화를 보호하기 위해
표운성이라는 청년을 찾는데……

"헤헤, 돈 좀 주셔야겠는데요?"

걸핏하면 돈! 돈! 돈!
세상에서 가장 좋은 것도 돈이요, 가장 귀한 것도 돈이다.

그를 은밀히 따르는 어둠 속의 사군자(死軍者)들
서서히 드러나는 무적문의 실체

"은자의 은혜만 받는다면 나 표운성, 이루지 못할 것은 없다!"

돈에 환장한 문주가 나타났다!

Book Publishing CHUNGEORAM